ビストロ三軒亭の謎めく晩餐

斎藤千輪

Mysterious Dinner at Bistro Sangen-tei

Contents

プロローグ 5

1 entrecôte　～アントルコート～ 15

2 Dinde aux Marrons　～ダンドォーマロン～ 89

3 raclette　～ラクレット～ 143

4 La quiche lorraine　～キッシュ・ロレーヌ～ 203

エピローグ 264

目次・扉イラスト　丹地陽子
目次・扉デザイン　西村弘美

プロローグ

「〝ブルゴーニュの森の恵み・パイ包み焼き〟でございます」

外国人モデルのように整った容姿のギャルソンが、赤いテーブルクロスの上に料理皿を置いた。

受け皿にのった陶磁器の丸い深皿を、香ばしい色のついたパイ生地が覆っている。

パイ生地は渦巻き状になっており、まるで大きな巻貝のようで愛らしい。

「スプーンでパイを崩しながら、お召し上がりください」

「いただきます！」

神坂隆一《かみさかりゅういち》は、はやる気持ちを抑えながら、銀製のスプーンをパイの真ん中に差し込んだ。サクッという耳触りの良い音がし、白い湯気が立ちのぼる。ガーリックとバターの香りが鼻孔をくすぐり、食欲を刺激する。

パイが崩れて中身が見えた。サザエの身のようなものが、濃い緑の香草バターでくるまれている。ひと匙《さじ》すくって香りを深く楽しみ、口の中に入れる。

……フゥ。

ため息のような声が漏れた。目から旨味《うまみ》が逃げていきそうな気持ちになり、思わず瞼《まぶた》を閉じる。ほどよい嚙《か》みごたえ。食感も味もサザエに似ているが、臭みがまったくない。濃厚なバター味はまさにフレンチだけど、なぜかほんの少しだけアジアンな感じもする。パイのサクサク感がたまらない。

グルメリポーターが一口食べて「うまい！」とか言うのを観るけど、自分がリポーターで本当にうまいと思ったら、あのリアクションはできないだろうな。ただただ、こうして黙って目を閉じて、舌の上にあった美味《おい》しさが喉《のど》の奥に消えていくのを、微《かす》かな残念さと共に感じているだけだ。

などと脳内で講釈を垂れつつ、「これがエスカルゴか……」と感嘆の声を出し、生まれて初めて食べたエスカルゴの味を反芻《はんすう》する。オーダーの際に「今まで自分が食べたことのない、フランスの食材を使ったコース料理を」と隆一が伝えた結果、このひと皿が前菜として出てきたのだ。

驚くべきことに、ここ『ビストロ三軒亭《さんげんてい》』にはお決まりのメニューが存在しない。客が好みや希望をギャルソンに伝えると、シェフがそのテーブルだけのオリジナルコースを作ってくれる、オーダーメイドのレストランなのである。

姉の京子《きょうこ》から誘われたときは、そんな夢のような店が現実にあるなんて信じられなかった。しかも、意外とコストパフォーマンスがいいと聞いて、あり得ないとまで思った。だが、目の前にあるのは、まさに自分が希望した料理そのものだ。

入り口から見て左側のホールにバーカウンターと六つのテーブル席、右側のバルコニーにテーブル席が二つあるだけの小さなビストロ。赤を基調とした店の雰囲気も、高級感を押し出しているわけではなく、アットホームな温《ぬく》もりが感じられる。

ウッディなテーブルと椅子、レンガ壁の隅に設《しつら》えたガス式暖炉。一人客用なのか、書籍や雑誌が入ったアンティークの本棚も、カフェのような温かみを感じる要因だ。本棚ではアガサ・クリスティーやエラリー・クイーンなど、翻訳ミステリーの文庫が幅を利かせている。

食器やグラスにはこだわっているようだが、黒塗りの箸《はし》も置いてあり、隆一のようなフレンチ初心者でも居心地の悪さはまったく感じない。

「こちらはフランス・ブルゴーニュ地方のブドウ畑で採取したエスカルゴ。それにフランス産のマッシュルームを合わせて、コリアンダー入りの香草バターで焼き上げました」

「コリアンダーって？」

「パクチー、とも言いますね」

ポール・ベッソンという名のギャルソンが、慣れた口調で説明する。フランスと日本のハーフという彼は、先ほどからずっと席から離れずにいた。

この店ではなんと、担当のギャルソンを指名することができ、付きっ切りで相手をしてくれるのである。

それは、〝楽しく食べてほしい〟という店のコンセプトによるもので、強制ではない。だが、ポールいわく、半数以上の客が予約時にギャルソンを指名してくるという。

初めは「ホストクラブみたいだな」と隆一は思った。シンプルな黒いコスチュームでキメたギャルソンたちが、かなりの美男揃《ぞろ》いだったからだ。

しかし、ポールが丁寧に気持ちよく給仕をしてくれるので、次第に自分が高貴な人にでもなったような高揚感を覚えていた。店に入るまで抱えていた焦燥感が、嘘のように消えている。

――なるほど、パクチーか。だからアジアンな感じがちょっとだけしたんだ。あ、パイが渦巻き状だったのは、エスカルゴ、つまりカタツムリの殻をかたどっていたからなのか。味にも見た目にも、細かく心を配っているんだな。

一体どんな人が、この料理を作っているのだろう……？

「あー、美味しい。ブルゴーニュの森の恵み、なんて、超ロマンチックなネーミングだよね。ブルゴーニュ産の白ワインとの相性もいいし」

向かい側に座る淡いブルーのワンピースを着た京子が、クリスタル製のワイングラスを揺らしながら言った。窓ガラスにグラスの光が反射する。一張羅のジャケットをTシャツの上に羽織った隆一も、ワインを口に含む。

さわやかな甘みと白ブドウの香りが、口内に残っていたバターの風味と交わって、なんとも言えない芳醇《ほうじゅん》さを醸し出す。またエスカルゴを味わいたくなる。

……んー、やっぱりうまい。もう、スプーンと口の動きが止められない――。

「この店、なかなか予約が取れないんだよ。常連が来ると次の予約を入れちゃうから。わたしみたいに。ねー、ポール」

「京子さん、いつもありがとうございます」

ポールが左腕を九十度に曲げて胸元に掲げ、右手を後ろにして頭を下げた。すごい。中世の騎士のようなお辞儀の仕方だ。カッコ良すぎて、そうされることがなんだか照れくさくなってくる。

他のギャルソンも同じような態度なのか見回すと、そうでもないようだった。自然体でラフな対応をするギャルソンもいる。彼は華やかにドレスアップした女子三人の客に、笑みを振りまいていた。

ふむふむ。指名制にしてあるくらいだから、個性の違うギャルソンを揃えているのかもしれないな。

ひと月ほど前までセミプロの舞台役者だった隆一は、人の表情や仕草を観察してしまうクセがついていた。

所属していたのは、通っていた大学のOBが某芸能事務所と立ち上げた、そこそこ人気のあった演劇ユニットだ。隆一が演劇サークルの新人部員だった頃、中学生役が素でできる人材を探していたOBの目に留まり、幸運にもスカウトされたのである。

小柄で童顔の隆一は、ほぼ学生を演じるためにいるような存在だったが、公演後のアンケートに「かわいい。応援してます！」などと書き込んでくれる人もいた。ファンレターのような手紙をもらったこともあった。

大学二年までは学業と役者活動との両立を目指していたのだが、本気で舞台役者になろうと決意し、親の反対を押し切って大学を中退。アルバイトをしながら演技に打ち込んでいたのに、まさかの演劇ユニット解散。理由は経営難という、隆一ごときがどうにかしようとしても、どうにもならない問題だった。

解散することが決まってから、隆一はいろんなプロ劇団の公演を見にいき、劇団員募集の情報を収集し、オーディションを受けた。演劇ユニットと提携していた芸能事務所の門も叩《たた》いてみたが、「合格」と言ってくれるところは未《いま》だにゼロ。その結果、腑《ふ》抜けのような状態になってしまっていた。

先週は、『歴史エンタメ・シリーズ』と銘打った舞台公演の一般オーディションに挑戦した。戦国武将たちの有名エピソードを軸に、歌やダンスも取り入れてアクロバティックかつ感動的に描く、若手男性俳優の登竜門的な人気公演だ。

隆一は長テーブルに並んだ審査員の前で、決して得意ではない歌とダンスを披露し、精一杯の芝居をしてみせた。しかし、落選の結果を受ける前に、演出家の言葉と表情で理解してしまったのだ。

またもや自分が、拾ってもらえなかったことを。

――キミは、人の痛みってもんをまだ知らないんじゃないか？

演出家のひと言が、胸の奥で黒い色のシコリとなって残っている。

人の痛みを知らない？　僕だってオーディションに落ちるたびに、痛みを感じているのに。それに、何かを本当に知らないとダメなら、殺人犯の役なんて誰も演じられないじゃないか。もしかして、僕が大手芸能事務所に所属してないから、コネクションン的なものがないから、相手にしてもらえないのか？

そんな、〝何かのせい〟という、まったくもって建設的ではない、むしろ唾棄《だき》すべき思考にとらわれて、自己嫌悪感で押しつぶされそうになってもいた。

もう一度、舞台に立ちたい。

眩《まばゆ》いスポットライト。互いのエネルギーをぶつけ合う役者仲間たち。同じ演目でも二度と同じものは生まれない、失敗すらもその公演の一部となってしまうライブ感覚。一瞬の打ち上げ花火のように刹那《せつな》的で、観る人の反応がダイレクトに伝わってくる舞台の世界に、いつまでも身を置いていたいのに……。


「今夜は誕生日祝いで奮発したんだから、ちゃんと味わってよね」

考え込んでしまいそうになっていた隆一に、京子が明るい声をかけてきた。

「味わってるよ。本当にすごい店だと思う」

改めてエスカルゴを味わい、心を支配しそうになっていたネガティブな感情を、美《お》味《い》しいという感覚で吹き飛ばす。

「もう二十二か。早いねえ。そろそろニートから卒業しないとね」

「……ニートって呼ぶの、やめてほしいんだけど。冗談でも傷つくから」

「だってそうじゃない。ファミレスのバイト辞めてから、ずいぶん経ってるし」

「分かってる。バイトも探すよ」

「実家住まいだからって、いつまでも甘えてちゃだめだよ」

「もうやめて。ポールさんもいるんだし」

忠実な執事のごとく横に控えていたポールが、「ワタシ、ムズカシいニホンゴ、よくワカりません」と、わざとたどたどしく言う。

「完ぺきに分かってるのに、さすがだねー」

ケラケラと京子が笑う。ワインの酔いが回ってきているようだ。

「隆くん、食べるペースが速い。あ、口の横、香草がついてる」

一気に半分ほど料理を平らげていた隆一は、京子に指摘され、あわてて膝《ひざ》の上のナプキンを取って口元をぬぐった。

口うるさいけど面倒見のよい京子。落ち込んでいた弟を励まそうとしているのだろう。国際線のキャビンアテンダントという仕事柄か、彼女はかなりのグルメだ。それに酒豪。性格も豪快で自分とは似ていないが、京子のような姉がいることに改めて感謝しながら、テーブルクロスの上に置かれたカードに目をやった。

シェフが手書きしたという、この席だけのコースメニューだ。

次の料理は……〝フランス産　活ブルーオマール海老《えび》のロティ〟。

ロティとはフランス語でローストの意味だと、ポールが教えてくれた。オマール海老を食べるのも初めての隆一は、早くも期待で胸を躍らせていた。

まさか自分がこの店でギャルソンをすることになるなんて、思いもせずに。

1

entrecôte ～アントルコート～

Mysterious Dinner at
Bistro Sangen-tei

この店は、普通じゃない――。

研修を終え、今夜がギャルソンとしての接客初日となる隆一は、驚愕《きょうがく》で目を見開いていた。二人の先輩たちの接客ぶりが、極めて独創的だったからだ。

自分が客として来た際は、料理に夢中でそこまで分からなかったのだが、彼らのサービスぶりは既存の概念を超えている。

身体のラインを強調したミニドレス姿の女子二人を相手にしているのは、隆一の一つ年上の岩崎陽介《いわさきようすけ》。いたずらっ子のような眼差《まなざ》しと天真爛漫《てんしんらんまん》な笑顔、長めに垂らした前髪が印象的なギャルソンだ。入店してまだ半年足らずなのに、すでに多くの指名客がついているという。

「二人とも、ステキなネイルですね。その色に合ったカクテル、食前に飲んでみます?」

「うん。飲みたい」「あたしも!」

「じゃあ、そうしましょう」

陽介が右の拳《こぶし》を口元に寄せ、投げキスのように軽く振って席を離れていく。女子たちがうれしそうに笑う。

「あれ、陽介くんの決めポーズ。ラウル・ゴンザレスのファンだったんだって」

「ラウルって？」

「スペインの伝説のサッカー選手。ゴール決めると指輪にキスしてたの」

「そうなんだー」

ああ、陽介さんはラウルの真似をしてたのか。指輪はしてないけど。

女子たちの会話で決めポーズの意味は分かったが、あんな風に自然にネイルを褒めてから、その色に合わせたカクテルを出すなんて、自分には到底できそうにない。

瞬時に圧倒されてしまった隆一だが、陽介の屈託のない明るさが、なんだか眩《まぶ》しい。

アイドルグループの一員、と言われても信じてしまいそうなほど、陽介は華やかなオーラの持ち主だった。

一方、バリキャリ風の女性二人客のテーブルを担当しているのは、メタルフレームのメガネがトレードマークのギャルソン、藤野《ふじの》正輝《まさき》。色白の端整な顔立ち。少しクセのある黒髪をジェルで整えている正輝は、年齢も店のキャリアも陽介の一年先輩だという。

「わたし今、風邪気味なんだよね」

一人の女性が上目づかいで正輝を見た。

「風邪？　それは心配ですね」

両手をすっと差し出した正輝が、女性の左手を握った。

え、なにそれ？　そんなことしちゃっていいんですか？

驚きのあまり出そうになった声をグッとこらえる。

正輝は片手で女性の手の甲を支え、もう一方の手を手首に当てている。

「……脈は正常です」

「でた、正輝くんの脈拍測定」

正輝に手を離された女性が楽し気に言う。どうやら、いつものことのようだ。

「今夜は、お身体を温めるメニューにしましょうか」

舞台映えしそうな美声の正輝に、もう一人の女性客が「私、最近飲みすぎちゃって、もたれ気味なの。何かオススメある？」と質問する。

正輝はメガネフレームの中央を、右中指で押さえてから言った。

「では、前菜に〝鶏《とり》の白レバーのスフレ〟はどうでしょう。レバーは〝強肝食〟。鉄分やビタミンA、B1、B2が豊富で、飲みすぎの時にオススメしたい食材です。出来立てのスフレでお身体を温めて、肝臓を整える。いかがですか？」

「それ、いいかも」

「うん。身体がよろこびそう」

女性たちが口元をほころばせる。

すごい、まるで医者か栄養士。そんなオーダーの取り方、自分には到底無理だ。

食材の栄養素までスラスラと説明する正輝を前に、焦りで早くなった鼓動を感じながら、カクテルグラスを運んできた陽介に視線を移す。

「お待たせしました。ユミさんのはネイルと同じボルドー色のキールロワイヤル。カオリさんのはオレンジ色のミモザです」

陽介がカクテルを女子たちの前に置いた。

「はい、グラス持ってください。……うん、いい。すっごく似合う。インスタ映えしそうですねー」

「だね。アップしちゃお」

「あたしも」

「じゃあ自分、フォローして、いいね！　しちゃいます」

また右拳で決めポーズをする。どっと不安が押し寄せてきた。

こんな個性派ギャルソンがいる店で、やっていけるのだろうか？

思わずバーカウンターに近づき、中でグラスを磨いていたソムリエ兼バーテンダーの室田重《むろたしげる》に話しかける。

「あの、室田さん」

シェフに料理を出すタイミングを伝え

「アラ、どうしたの？」

室田は飲み物を用意するだけでなく、厨房《ちゅうぼう》のシェフに料理を出すタイミングを伝えたり、料理の仕込みを手伝ったりと、この店の大黒柱的な存在だ。しかも、この店のシェフとは共同経営者のような立場でもあるらしい。研修でギャルソンの仕事について教えてくれたのも、主に室田だった。

「僕、自信ないです。陽介さんも正輝さんも、すごく個性的なギャルソンですよね。僕はどうしたらいいんでしょう？」

「そうねえ……」

女性のような話し方をするが、室田はいかつい顔つきの男性。しかも四十代前半の、スーツ姿に妙な迫力がある人だった。体つきもがっちりとしていて、黙っていると格闘家のように見える。

「隆一くん、役者さんだったのよね。個性が気になるのは分かるよ」

だった、んじゃなくて、まだ役者のオーディションにアタック中なんです。

と訂正したくなったが、空しくなりそうなのでやめておいた。

「うちは格式張らないのがモットーだから、スタッフそれぞれのスタイルを尊重してるんだけど、みんなキャラが濃いからねえ。アタシ以外」

いや、室田さんだって強烈に濃いじゃないですか！

脳内ツッコミが止まらない。

なんでも室田は、いかつい容姿ゆえに客から怖がられてしまわないよう、女性言葉で柔らかさを演出してきた結果、おネエ風のしゃべり方になってしまったらしい。

「でもね、肝心なのはおもてなしの気持ち。個性なんて自分じゃ分からないもんだから、気にしなくていいと思うよ。あ、そうそう、これ見せたっけ？」

「なんですか？」

室田がカウンターの下からスマートフォンを取り出し、画面を向けてきた。

「うちのワンコ。アキっていうの。かわいいでしょ」

茶色い毛の賢そうなビーグルが、ちんまりと座っている。

「はあ……」

仕事中なのに何を呑気《のんき》な……と戸惑ったが、「隆一くんはワンコっぽいよね。素直で人懐こそうで。それが個性なんじゃないの」と言われ、犬の画像が室田なりの気配りなのだと知った。

「もしかしたら、隆一くんのお手本になりそうだったのは、ポールかもしれないわね。ベテランの正統派ギャルソンだったから。でも、正輝も陽介も見習うところがたくさんあるはず。分からないことがあったら教えてもらうといいよ」

「分かりました」

なるほど、ポールのような感じでいけばいいのか。丁寧で話し上手で気が利いていて、執事のように忠実で。誰かを演じるのならやれそうだ。

「あ、お客様よ」

振り向くと、入り口のガラスドア越しにエレベーターが開くのが見えた。中からショートカットの小柄な女性が出てくる。おそらく、隆一が担当するギャルソン指名のない客だ。

その記念すべき最初の接客相手が、いろいろな謎を秘めた奇妙な人物であることを、このときの隆一はまだ知らずにいた。


「いらっしゃいませ。お待ちしておりました」

ガラスドアを開け、笑顔全開で腰を深々と折る。左腕を胸に掲げて。

「こんばんは。予約した高野雅《たかのみやび》です」

まだ学生のように見える、あどけない顔つきの雅。右手に小ぶりのバッグとデパートの紙袋、左手に大きめのケーキ箱を持っている。

「雅様、コートとお荷物をお預かりいたします」

「あ、コートだけで大丈夫です」

雅がストール風のコートを脱いだ。それを入り口横のポールハンガーにかけ、入り口から見て左奥の客席に案内する。

「こちらへどうぞ」

動作は優雅にてきぱきと。言葉遣いは丁寧に。名前は〝様〟で呼んでみた。ポールのような執事風のギャルソン。よし。このまま演じ切るぞ。

演技の稽古《けいこ》だと思えば、なんでもできそうな気がしていた。

「あの……」

「はい？」

「できれば、こっちの席のほうがいいんですけど」

ベージュのストンとしたニットワンピース姿の雅が、右奥にあるバルコニー席を見ている。二つしかないテーブルはどちらも空いていた。赤いクロスに折りたたんだ布ナプキン、花を生けた小さな花瓶。テーブルセットは万全だ。

しかし、隆一は意外な要望に戸惑っていた。

バルコニー、とは言っても開放自在のガラス窓で覆われた、サンルームのようなスペースだった。ヒーターもブランケットも完備してあるが、秋・冬の夜はヒーターをつけても屋内より冷えるので、十一月の今はなるべく使わないようにしていると聞いていたのだ。

「少々お待ちくださいませ」

室田に事情を説明すると、「お客様が希望するなら」と承諾。隆一は室内とバルコニーを隔てるガラス扉を開け、素早くヒーターをつけて、フォークやナイフなどのカトラリーと、黒塗りの箸《はし》をテーブルに置いた。

「なんか、すみません。景色がキレイなので、ここがいいなと思ってしまって」

席についてバッグと紙袋、ケーキ箱を横の椅子に置いた雅が、小声で謝った。

「もちろん構いませんよ。雅様、ブランケットをどうぞ」

雅はベージュのブランケットを受け取り、薄い青地に黒い水玉模様が入ったケーキ箱の横に置いた。

「あ、わたくし、こちらを担当する隆一と申します。まだ新人ですが、どうぞよろしくお願いいたします」

一応、自己紹介をしておく。胸に左手を置き、深々と頭を下げながら。

雅は、「あ、はい」と言ったっきり、オドオドと周囲を見回している。フレンチ慣れしていないのかもしれない。

「雅様、スイーツがお好きなのでございい、ますか？」

リラックスしてもらうために話しかけてみた。若干嚙《か》みそうになる。

「え？」

「そこにケーキの箱がありますので。わたくしもスイーツが大好きでして」

隆一は、ホールケーキ一個分が入るくらいの箱に目をやった。

「あ……はい。友だちが作ってくれたんです。ケーキ箱も彼女の手作りで」

「それは素晴らしい。どんなケーキを作ってくださったのでしょう？」

「あ、えっと、今日はショートケーキ、だったかな」

「その方は、いろんなケーキを作ってくださるんですね」

「ええ」

「雅様、今日はお休みだったのでございますか？」

「あー、まあ、そんな感じです」

「もしかして、学生様？」

「違います」

ってことは社会人。なんの仕事をしてるのか気になったが、雅の応対がそっけなく感じたので訊《き》かないでおいた。なんだか気まずい。でも、何かを言わずにはいられない。

「そちらのお箱、冷蔵庫に入れておきましょうか？」

「大丈夫です。保冷剤が入ってるから」

そのまま雅は黙り込み、ブランケットを大きく広げて膝《ひざ》を覆った。

わー、次の言葉が出てこない。やばいぞ、場を盛り上げないと。

焦って言葉に詰まっていると室田が現れ、「いらっしゃいませ。食前酒はいかがですか?」とドリンクメニューを見せた。

助かった。沈黙が続くところだった……。

ホッと胸をなでおろす。雅は「ベリーニをください」と答えた。

「かしこまりました」

室田が立ち去ったので、手にしていたオーダー用紙とペンをテーブルに置き、この店のお決まりのセリフを口にする。

「当店は、オーダーメイドのビストロでございます。ご希望に合わせて、オリジナルのコースを作らせていただきます。まずは、こちらにご記入をお願いいたします」

その用紙には、名前や連絡先、苦手な食材やアレルギーの有無など、レストランの予約時に問われる項目に加え、〝本日のオススメ〟と銘打った食材のリストがズラリと書かれており、好みの食材に丸印をつけてもらうことになっている。

それに目を通しながらギャルソンが客と対話し、情報を用紙の空白部分に書き込む。厨房《ちゅうぼう》のシェフに用紙を渡すと、彼が瞬時にコースを考案するのだ。

雅が記入しているあいだ、隆一はバーカウンターで食前酒が出来上がるのを待った。背筋をビシッと伸ばし、頭のテッペンから指の先まで神経を届かせる。シャツもベストもパンツも黒づくし。かなりスタイリッシュに見えるはずだ。

「ベリーニって名前はね、ルネサンス時代のイタリア人画家、ジョヴァンニ・ベリーニからついたらしいの。作家のヘミングウェイが愛したカクテルでもあるのよ」

そう説明しながら、室田が冷やしておいたシャンパングラスに桃のピューレを入れ、スパークリングワインを注いでいく。

「そうでございますか。カクテルにもいろんな由来があるのですね」

「そう。勉強すると面白いわよ」

室田がスプーンでかき混ぜると、桃色のカクテル〝ベリーニ〟が完成した。

「はい。持ってって。あと……」

「なんでございましょう？」

「隆一くん、なんか動作も言葉遣いも不自然。もっとリラックスして。普通でいいから」

そ、そんな。ポールのような執事風ギャルソンの芝居だったのに。

「……まあ、そうですよね。普通にやります」

付け焼刃が通用しないことを知り、ポールの真似をするのをやめた。

そもそも柄じゃないし、自然体のほうが楽だ。芝居になんてこだわらないで、目の前の仕事に没頭しよう。

美しい所作を意識しすぎないようにして、グラスをテーブルに運ぶ。続いて、アミューズと呼ばれるオードブルの小皿を持っていった。

「こちら、本日のアミューズです。米粉で作った小さなバンズで、アナゴの蒲焼《かばやき》とウズラの卵の目玉焼をサンドしました」

薄紙で包まれた、ひと口サイズのハンバーガーのような一品を置く。

「かわいい。フレンチっぽくないのが楽しいですね」

雅が弾んだ声を出す。確かに、ここのシェフはフレンチらしからぬ創作系の料理も出すので、隆一も面白いなと感じていた。もちろん、単に面白いだけではなく、味も最上級だ。

「素手で食べてくださいね」

補足したついでに、仕入れたばかりのベリーニの知識を披露しようかと思ったのだが、雅が「こんな風にメニューを決めるなんて、珍しいですよね」とオーダー用紙を差し出してきたので、にわか知識は引っ込めることにする。

高野雅。二十三歳。アレルギーと苦手な食材はなし。希望を自由に書く欄には〝なるべくシンプルで軽めのソースを使った料理〟とある。オススメ食材には、旬の野菜に多く丸印がついている。魚介類はアンコウ。そして……。

「アントルコートがご希望なんですね」

「ええ。お肉が食べたくて」

隆一が研修で覚えたばかりの言葉、アントルコート。牛肉のリブロースにあたる部位のフランス語だ。

「焼き方はブルで。ソースはヴァン・ルージュがいいかな」

「え？　ブル？」

ヴァン・ルージュが赤ワインのソースであることも研修で試食して学んだが、ブルの意味が分からない。うろたえる隆一を見て、雅が「フランス語で超レアって意味です」と解説する。

「そっか。僕、まだ勉強不足で。すみません」

雅が言ったことを用紙の空欄にメモし、反省した。

「隆一さん、なんか変わりましたね」

「え？」

「無理にかしこまらない方がいいと思います。私もその方が話しやすいし」

「あ、分かります？　さっきはちょっとやりすぎちゃいました」

「そんな感じでした」

ほほ笑んだ雅を見て、隆一も安堵《あんど》の笑みをこぼす。そして、ふと思った。

最初はオドオドとしていたからフレンチ初心者だと思ったのに、雅はフレンチの用語に詳しい。容姿にも話し方にもどことなく品があるし、育ちのいいお嬢様なのかもしれないな、と。

その後のやり取りで、「前菜は野菜をふんだんに使ったもの、魚料理はトマト系のソースで」と細かくリクエストされた。内容をオーダー用紙に書き込んでいく。

「雅さん、デザートはどうしましょう？」

最後に尋ねたら、「自分のケーキがあるから、いりません」と答え、バッグから文庫本を取り出し、ベリーニを飲みながら読み始めた。

まるで、接客ももういらない、と言わんばかりだなあ。

ほんの少しだけ感じた寂しさを振り払い、オーダー用紙を手に厨房へと向かう。覗《のぞ》き窓のついた大きなスイングドアを開ける。

磨き込まれたフライパンや鍋《なべ》がズラリと並ぶ、機能性を追求した厨房。そのセンターにある調理台の前に、一人の男が立っている。

長めの黒髪を後ろで結んだ、黒いコックコート姿。姿勢よくナイフを構えている様子が、まるで侍のように見える。

彼こそ、三軒亭のオーナーシェフである伊勢《いせ》優也《ゆうや》だ。

三十三歳という若さでこの店を経営する、凄腕《すごうで》の料理人。

「二番テーブルのオーダー用紙です。お願いします」

用紙を渡すと、それを伊勢が睨《にら》むように見据えた。無言が続く。雅のメニューを考えているのだ。鼻筋が通った横顔を見ていた隆一は、初めて伊勢と顔を合わせた半月前の夜を思い出していた。

「行きたいレストランがあるの。誕生日祝いで奢《おご》るから付き合ってよ」

姉の京子に誘われて行った先は、世田谷《せたがや》区・三軒茶屋《さんげんぢゃや》だった。

商業施設キャロットタワーを筆頭とする近代的なエリアと、昭和の面影を残す昔ながらの商店街が同居する三軒茶屋。その中でも、三軒茶屋の交差点から下北沢《しもきたざわ》に向かって延びる道、通称〝茶沢《ちゃざわ》通り〟には、大型スーパーや個性的な飲食店がズラリと並び、サブカルチャーの発信地・下北沢にも似た雰囲気がある。

そんな賑《にぎ》やかな茶沢通りから路地裏に一歩足を踏み入れると、ひっそりと佇《たたず》む優雅なカフェや、隠れ家的なレストランがポツポツと現れる。『ビストロ三軒亭』は、その一角にある五階建てビルの最上階にあった。

本格フレンチなど食べたことがなく、席につくまでは緊張していた隆一だが、担当ギャルソンのポールが流ちょうな日本語で和ませてくれ、エスカルゴやオマールを使ったオーダーメイドのコースにいたく感動。気づいたら、「またすぐ来たい！」と思うくらい、三軒亭のファンになっていた。

食後のエスプレッソを飲んで満足感に浸っていると、ポールが席を外し、入れ替わるように厨房から伊勢が現れた。

「こちら、オーナーシェフの伊勢さん。わたしたち、彼が前のお店にいた時に知り合ったの。あ、付き合ってるわけじゃないよ。単なる飲み友だち」

ワインの酔いでご機嫌な様子の京子が、隆一に伊勢を紹介した。

「初めまして、伊勢です。お越しいただきまして、ありがとうございます」

口調は穏やかだが、眼差《まなざ》しの鋭い伊勢。隆一は若干ビビりそうになりながら、

「隆一です。姉がお世話になってます」と挨拶《あいさつ》をした。

「ほら、ここの本棚にアガサ・クリスティーの本がたくさん置いてあるでしょ。伊勢さんがエルキュール・ポアロのファンなんだって。今日食べたエスカルゴも、ポアロの好物なんだよね？」

京子が話を繋《つな》ごうとすると、伊勢が短く言葉を発した。

「マギンティ夫人は死んだ」

「えっ？　死んだ？」

何をいきなり……と戸惑う隆一に、「小説のタイトル。ポアロがエスカルゴを食べるシーンがある作品」と伊勢は言った。

なんか、変わった人だな。イケメンだけどオタな感じもするし。

それが、最初の印象だった。

「料理、最高でした。初めて食べたものばっかで、すごく美味《おい》しかったです」

隆一がそう伝えると、伊勢は「それはどうも」と小さく笑い、「キミはなぜ、役者になろうと思ったの？」と唐突に問いかけてきた。切れ長の瞳《ひとみ》で見つめられると、こちらの思考を見透かされているような気がする。

「あ、隆くんのこと、伊勢さんに話してあるから」

京子がケロッとした顔をする。どこまで何を話してあるのか気になったが、とりあえず質問に答えることにした。

「芝居が楽しかったから。観る人に楽しんでほしかったから、です」

すると伊勢は、「合格。とりあえず三カ月。じゃあ、ごゆっくり」とだけ告げて厨《ちゅう》房《ぼう》に消えた。

「今のなに？　なにが合格なのさ？」

わけが分からない隆一に、京子が「これでニート卒業だね」と言ってエスプレッソを飲み干し、「今のは面接。伊勢さん、採用してもいいって」と説明した。

フランスにいる母親の急病でポールがしばらく帰国することになったので、新たなギャルソンを探していた伊勢に、京子がバイト探し中の弟を紹介したのだという。

「なんだよそれ、二人で勝手に決めちゃって。先に言ってよ」

「だって、先に面接だなんて言ったら、純粋に料理を味わえなかったでしょ」

「確かにそうだけど……」と口ごもると、「隆くんが役者を諦《あきら》めてないことは、伊勢さんにも伝えてある。だから、とりあえず三ヵ月って言ってくれたの。お店の営業は夕方からだから、昼間はオーディションにも行けるだろうし、バイト代もファミレスより全然高いみたいだよ」と京子が笑みを浮かべた。

冷静に考えたら、条件としては悪くない。またファミレスの料理を運ぶより、先ほど食べた極上のフレンチを運ぶ方が楽しそうだ。

そして何よりも、どこか謎めいた雰囲気とカリスマ性を感じさせる伊勢から、「合格」と言われたことがうれしかった。自分の存在を、肯定してもらえたような気がした。だから、伊勢の元で働いてみるのもいいかなと、隆一は思ったのだった。


――オーダー用紙をセンターテーブルに置いた伊勢が、メニュー用のカードと筆ペンを手に取った。長い指でサラサラと文字を書き、それを隆一に渡してくる。

「前菜、〝季節野菜の饗宴《きょうえん》テリーヌ〟。二皿目、〝アンコウのトマト煮込みサフランの香り〟。メイン、〝アントルコートのグリエ　ヴァン・ルージュソース〟。詳しい説明は出す時にする」

「はい！」

書道家みたいで渋いな、と感心しながらカードを雅に持っていく。彼女は本をテーブルに置き、メニューを眺めて「楽しみです」とほほ笑む。

そこに、室田がワインリストを手にやってきた。メニューに合わせてワインを選んでもらうためだ。雅は室田と相談し、ボルドーの白ワインを選んで再び本を開いた。

隆一が空になったアミューズの皿を下げようとしたら、雅が小声を発した。

「……ライダウ」

ん？　今、ライダウって言った？　ライダウ、ってなんだ？

振り向いて雅を見たが、相変わらず本を読んでいる。

……何かの聞き間違いか。

僅《わず》かな違和感を抱きながら、隆一はテーブルを後にしたのだった。


白ワインを飲み始めた雅に、籠《かご》に入れたパンをサーブしにいった。

「本日は、生クリームを練り込んだパンをご用意しました」

丸い白パンをトングで挟み、勢いよく摘《つ》まみ上げたら、そのパンが宙を飛んだ。

「ああっ！」

思わず叫んだ隆一の元に、陽介が早足でやってくる。フローリングの床にダイブしようとしていたパンは、陽介の差し出した右手にストンと収まった。

「ナイスキャッチ、ですね」

雅が小さく手を叩《たた》く。陽介がパンを隆一に渡しながら、「今日のパンは、とんでもなく生きがいいみたいですねー」と笑顔で言い、「今、隆一が新しいパンを用意しますから」と目くばせをした。

「す、すみません！　すぐお持ちします」

あわてて厨房に向かうと、スイングドアから正輝が籠を手に歩いてきた。すれ違いざまに「用意したぞ」と隆一にささやく。くるりと方向転換して正輝のあとを追う。

「大変失礼いたしました」

正輝はメタルフレームのメガネを光らせ、トングで挟んだパンを優雅な手つきで雅のパン皿に置く。さらに、「こちら、サービスの〝キングサーモンのリエット〟です。パンによく合いますので」と言い、籠に入っていた小皿を置いた。

パテをペースト状にしたようなピンク色のリエットに、黒オリーブのスライスやディルの葉が飾られている。

「わあ、ありがとうございます」

「恐れ入ります。シェフからお出しするように、と言われましたので」

雅に一礼した正輝が、キビキビとした足取りで担当テーブルに戻っていく。

皆さん、ドジってすみません！　プロの対応って、すごいです！

フォローしてくれたスタッフに内心で叫びつつ、雅にも「申し訳ありません」と謝る。彼女は「なんか、楽しかったです」とほほ笑み、隆一に質問をした。

「あの、エチケットの写真、撮ってもいいですか？」

「……エチケット……ですか」

エチケットの意味が分からなかったので、即答できない。

「このワイン、すごく美味しいから」

雅がグラスの白ワインをひと口飲む。……ってことは、エチケットはワインに関係する言葉なのか。でも、なんのことなのか想像もつかないぞ。

「少々……」お待ちくださいと言おうとしたら、「もちろんどうぞ」と背後から室田の声がした。手にしていたワインボトルを雅の目の前に置く。

「ありがとうございます」

雅はバッグの中からスマホを取り出し、ラベルの写真を撮り始めた。

ああ、ラベルをエチケットって言うのか。フランス語かな。後で調べなきゃ。つか、専門用語が多すぎるんじゃない？　覚えきれないよ！　僕は単なるバイトなのに。

……いや、自分の未熟さを正当化するのはやめよう。

再び本を開いた雅に背を向け、その場から離れようとした隆一の耳に、またあの言葉が小さく飛び込んできた。

「ライダウ」

雅のささやき声だ。反射的に後ろを見る。彼女は読書に没頭している。

もしかしたら、ライダウは本の中に出てくる言葉なのかもしれない。


厨房に戻ると、雅の前菜がセンターテーブルに置かれていた。

色とりどりの野菜をゼリーでテリーヌ状にした料理が、白い皿に盛られている。皿の上部には緑のソース、下部には白いソースが線状でカーブを描いている。

伊勢から受けた料理の説明を記憶し、テーブルに運んだ。

「〝季節野菜の饗宴テリーヌ〟です」

本を閉じた雅が瞳《ひとみ》を輝かす。

「黒トリュフ、ビーツ、ユリ根、ルッコラ、カボチャをコンソメのゼリーでテリーヌ状にして、上にキャビアをのせました。九条ネギのピューレを使ったソース、濃厚なクリームチーズのソース、二種類のソースでお召し上がりください」

おお、スラッと言えたぞ！

難しいセリフを言い終えたときのような達成感を味わった。

「いただきます」

雅がテリーヌをカットし、濃い緑色の九条ネギソースをつけて口に運ぶ。目を閉じてじっくりと味わっている。

その幸せそうな顔を見て、ミスを連発していた隆一の胸に灯《あか》りが点《とも》った。

しかし、その灯りは長くはもたなかった。

隆一が食べ終えた皿を下げに行くと、白いソースだけそのまま残されていたのだ。

雅は相変わらず本を読んでいる。

なぜ白いソースだけ残したんですか？　お口に合いませんでした？

などと訊《き》くこともできずに、黙って厨房《ちゅうぼう》のセンターテーブルへと運ぶ。

伊勢が横目で皿を見たが、表情を変えずに「そこに置いといて。なぜ食べてもらえなかったのかチェックするから」と言い、揺すっていた小鍋《なべ》に目を落とした。

き、気まずい……。

皿に食べ残しがあることが料理人を傷つけるであろうことくらいは、隆一にも分かる。どうすることもできないので、黙って二皿目の〝アンコウのトマト煮込みサフランの香り〟をテーブルに持っていった。

雅が冷えた白ワインと共にアンコウを食べ、満足そうな顔をする。その表情に励まされ、隆一は声をかけてみることにした。

「お味はいかがですか？」

「美味《おい》しい。噂通りのお味ですね。ワインも素晴らしいし」

「よかった。今夜はどなたかのご紹介でいらしたんですか？」

「はい。前に両親がこちらに来たみたいで、すごくいいって言ってたから」

「そうなんですね。あ……」

パンとリエットの小皿が空になっている。気づくのが遅い！　と自分を叱咤《しった》し、

「雅さん、パンのお代わりはいかがですか？」と尋ねた。

「大丈夫です。あの、お水をいただけます？」

「かしこまりました」

隆一がミネラルウォーターを注ぎに行くと、雅が本を手にしていたので、皿が空くまでテーブルには近寄らないようにした。

二皿目をきれいに完食した雅に、メインの皿を運んだ。

「〝アントルコートのグリエ　ヴァン・ルージュソース〟です」

ワイン色のソースの上にカットした牛肉がのせてある。表面はしっかりと焼き色がついているが、中は超レア。いかにもジューシーで、ボリュームもたっぷり。その横に、可憐《かれん》な食用花や滑らかなマッシュポテトが添えられている。

肉の香ばしい匂いとソースのフルーティーな香りが混ざり合い、たまらない芳香を放っている。

「美味しそう！」

破顔した雅がカトラリーを手に取った。彼女が飲んでいるグラスワインは、メインに合わせて白から赤に変わっている。

料理の感想が聞きたくてその場にいたら、衝撃的な言葉が耳に飛び込んできた。

「……あの、もういいです」

「はい？」

「独りにしてもらいたいんです」

キッパリと言った雅が口元を引き締める。

「し、失礼しました！」

そそくさとその場を離れる。恥ずかしさで顔が赤くなっていく。

また失敗しちゃったよ。僕がいろいろ話しかけるのが迷惑だったんだ。それなのに、気づかないで調子こいちゃって。完全にバカじゃん、自分。

うなだれる隆一に正輝が寄ってきて、「ギャルソン指名のないお客様だからね。給仕だけしっかりやればいい」とささやいた。

「初日なんだからさ、すぐ慣れるって」

すれ違った陽介も、そう言って隆一の肩を叩《たた》く。

気後れしたほど個性的な先輩たちに励まされ、胸が少し軽くなった。それに、舞台本番での失敗なら何度も経験している。このくらいでメゲるほどハートは弱くない。

次で挽回《ばんかい》するぞ！

……と意気込んでいたのもつかの間。隆一にはまだまだ試練が待ち受けていた。

それは、メインをきれいに食べ終えた雅に、食後の紅茶と、初来店の客にだけサービスするデザートを運んだときのこと。

「こちらは〝ミステール〟と言って、焼いたメレンゲの中にアイスクリームを入れた、フランスでは歴史のあるスイーツなんです」

目いっぱいほほ笑み、ふんわりとメレンゲが盛られた小さなガラスの器をテーブルに置こうとしたら、雅が明らかにイラついた声を出した。

「いりません」

「え？」

「デザートはいらないって、オーダーの時に言ったじゃないですか」

硬い表情で睨《にら》んでいる。

「も、申し訳ありません！」

居たたまれずに踵《きびす》を返し、器を厨房へと戻す。

あー、今日は何回、謝罪の言葉を口にしたんだろう……。

「どうした？　なんで出さなかったんだ？」

手つかずの器に目をやり、伊勢が問いかけてきた。

「オーダーしてないデザートは、いらないそうです」

声に力が入らない。「僕がいけないんです。雅さん、ショートケーキの箱を持って

て、デザートはいらないって言ってたのに、それを伊勢さんに伝え忘れてて……」

伊勢は「分かったから、そこに置いといて」と言って調理に集中した。滅多に表情を変えない人だと認識はしていたのに、妙に怖く感じてしまう。

もうダメ。ジ・エンド。初日だけど、このままバックレちゃいたい……。

涙目になりそうな隆一。まるで、大事なセリフを何度もとばして、舞台を台無しにしてしまったような気分だった。

「お料理、素晴らしかったです」

「ありがとうございます。お忘れ物にお気をつけて、お帰りください」

「あ、はい。大丈夫です。ごちそうさまでした」

両手に荷物を抱えた雅を、厨房から出てきた伊勢が送り出した。

隆一は伊勢のやや後ろに立って、雅に礼を述べることしかできずにいた。失態をさらした自分が伊勢にどう思われているのか、気になって仕方がない。

雅の姿が消えた後、伊勢は何事もなかったように厨房へと入っていった。

「隆一くん、緊張してたわねえ」

ワインボトルを持った室田が、声をかけてきた。

「すみません、やっちゃいました。雅さん、もう来てくれないかもしれません……」

申し訳なさで縮こまりながら謝る。

「大丈夫よ。自分が思ってるほど、相手は自分を気にしてなかったりするから」

野太い声がありがたかったが、心は晴れない。

雅の次に担当したのは、二人だけの会話に夢中なカップルだったので、目立つ失敗はせずに済んだのだが、隆一の胸は雨雲のようなものに覆われたままでいた。

——閉店後、黙々と店内の掃除をしていると、陽介がニコやかに近寄ってきた。

「お疲れー」

サラサラの前髪の下で、黒目がちの瞳《ひとみ》がきらめいている。両頬にはえくぼが浮かんでいる。その愛らしい笑顔に釣られてほほ笑みそうになり、唇を結んで手元のダスターを見る。

「あー、ミスったこと気にしてるでしょ。気にすんなってー。まだ慣れてないだけなんだからさ」

そう言われると、余計に気になってしまう。

黙りこくっていると、陽介が思いがけないことを言い出した。

「雅さん、パンを食べないで紙袋にしまい込んでたね」

「え？」

「気づかなかった？」

「ぜんぜん」

「あと、カットしたアントルコートも、どっかに入れてた。クロスでどこに入れたのかは分からなかったけど」

一体なぜ、そんなことを……？

眉《まゆ》をひそめた隆一に、陽介は朗らかに言った。

「なんか事情があったんじゃないかな。オレも友だちとバイキングに行ったとき、持ち帰りたい衝動と闘ったことがあったから。家族にも食べさせたくて」

「ご家族に？」

「そう。うち、大家族なんだよね。弟が四人、妹が二人。食卓で気を抜くと先におかず取られちゃって、お腹空《す》かせたままのヤツもいたりしてさ。まあ、雅さんもそうだとは思わないけど、こっそり料理を持ち帰ろうとしてたから、隆一を避けたのかもしれないよ。あ、もしかして……」

陽介が人差し指をクルクルと回した。「雅さん、ライバル店から来た偵察の人だったのかも。フレンチ用語にも詳しそうだったし。実は、うちの味を研究するために料理を持ち帰った。なーんてね」

「偵察……？」

そういえば、と隆一は思い出したことを陽介に告げた。

「雅さん、ライダウってつぶやいてました。本を読みながら何度も。あれもフレンチ用語なんですかね？」

「ライダウ？　知らないなあ。オレもまだギャルソンの修業中だから、知らない用語も多いんだよね。伊勢さんか室田さんに訊《き》いてみよっか」

「陽介、いい加減にしておけ」

鋭く声が響いた。奥のテーブルを片付けていた正輝だ。メガネの奥で、キリッとした瞳が光っている。「お客様の憶測話はそこまでだ」

背筋を伸ばし、機敏な身のこなしで近寄ってくる。

「やば、正輝さんに聞かれてた。すみませーん」

陽介は少年のような笑顔で正輝に謝った。

「お前は軽すぎるところがある。後輩ができたんだから、もっと気を引き締めろ」

「ウィ！」

「返事だけは一人前のギャルソンらしいんだけどな」

苦笑した正輝が、真顔になって隆一に視線を移す。

「ギャルソンが付きっ切りになるべきときもあれば、距離を置くのがベストなときもある。お客様が何を求めているのか、次からは見極めること。いいな」

「……気を付けます」

隆一は口元を引き締めた。

「大丈夫だ。失敗は誰にでもあるし、失敗から学ぶことは多い。俺もそうだった」

正輝が薄《う》っすらと口角を上げる。隆一は力強く「はい」と答えた。

「俺たちの仕事は、ただ料理を運ぶだけではない。よく観察して、集中して、何をしたらお客様が気持ちよく過ごせるのか、一歩先を読んで行動するんだ。飲み物は足りているか、料理のタイミングは大丈夫なのか。室田さん任せではなく、自分で考えて動くようにしたい。俺はそう思っている」

「そうなんですよねー」と陽介が頷《うなず》く。

「サッカーでたとえたら、ギャルソンはミッドフィルダー。フィールドを見回して、どこにボールを送るのか考える司令塔的な感じかな。で、シェフは料理でシュートを決めるフォワード。オーナーはすべてを受け止めて、最後の責任を持つゴールキーパー。どうですか、正輝さん？」

「陽介にしては上出来なたとえ話だ」

腕を組んだ正輝が目を細め、陽介が隆一に向かってうれしそうに言った。

「オレ、高校までサッカーやってたんだよね。こう見えても」

「そんな気がしてました。ラウルの決めポーズしてるし」

「あ、バレちゃってた？」

陽介はポケットから指輪を取り出し、右中指にはめた。シルバーに英文字が刻まれた、カレッジリングのような指輪だ。

「これ、サッカーチームの仲間からもらったんだ。オレのお守り」

と、指輪にキスをするように口元に寄せる。

「隆一、陽介のように仕事中はアクセサリーも香水もつけないようにな。ギャルソンの鉄則だ」

「はい」

隆一は正輝たちの話を聞き、なるほど、と感心していた。ギャルソンという仕事への興味が深まり、バイトだからと甘く考えていた自分を戒める。

「正輝さん、陽介さん、勉強になりました。これからもよろしくお願いします」

隆一は深くお辞儀をした。

「まあ、役者のオーディションもあるだろうけど、仕事はきっちりやろうな。お互いに。陽介もだぞ」

「ウィ。じゃ、そろそろ着替えますか」

正輝はまるで軍人のように毅然《きぜん》と、陽介は軽やかな足取りでロッカールームに向かっていく。

いい先輩たちだな。冷静で頼れる正輝さんも、明るくて気さくな陽介さんも。しみじみ思っていたら、厨房《ちゅうぼう》から伊勢が出てきた。すかさず謝りにいく。

「伊勢さん、今日はすみませんでした。いろいろミスしちゃって……」

「お疲れさま。大変だっただろ。明日《あした》もよろしくな」

まとめていた黒髪をほどきながら、伊勢が穏やかな表情をした。安心感に包まれた隆一は、疑問をぶつけてみることにした。

「あの、ライダウってフレンチ用語あります？」

「ライダウ？　聞いたことないけど、なんで？」

「雅さんが何度かつぶやいてたんです」

「……なぜ、ライダウがフレンチ用語だと思ったの？」

目力を発する視線が、隆一をとらえて離さない。どう説明しようか迷っていると、「気になったことは全部話してもらえるかな」と言われたので、雅に対して感じたことを素直に打ち明けた。

フレンチの用語に詳しく、パンとアントルコートの一部を食べずに仕舞い込んだらしいこと。ライバル店の偵察者かも、などと、あらぬ疑いをかけそうになってしまったこと。

「……だから、ライダウもフレンチ用語なのかなって、一瞬思っちゃって……」

「用語じゃない。雅さんも偵察に来たんじゃないと思う」

伊勢はきっぱりと否定し、横を向いてポツリとつぶやいた。

「きっと、不安だったんだ」

静かな声。次の言葉を待っていると、入り口横のレジカウンターで作業をしていた室田が、「優也、確認してもらっていい？」と声をかけてきた。

レジに行こうとする伊勢に、隆一が問いかける。

「不安って、どういうことですか？」

すると伊勢は振り返り、「いや、憶測話はやめとく。明日はもっと楽しんで仕事しような」と告げ、その場を離れていった。

楽しんで、か。今夜は楽しむ余裕なんてなかったもんな。雅さんのことを考えるのはもうやめよう。

隆一は気持ちを改めて、家路についたのだった。

三軒茶屋から東急田園都市線《とうきゅうでんえんとし》で二十分ほどの梶が谷《かじや》。その住宅街に、隆一の家はあった。玄関から二階の自分の部屋に直行する。両親はもう寝ているようだ。

父親とは、大学を辞めてからあまり口を利いていなかった。なんとなく気まずい状態が続いている。小さな広告デザイン会社を経営している父は、自身も大学中退者だったためか、隆一の選んだ道をある程度は尊重してくれた。

しかし、固く約束をさせられている。二十五歳までに芽が出なければ、諦《あきら》めてどこかに就職すると。

息子に会社の跡を継がせる気は父にはないようだし、隆一にもその気はなかった。あと三年。その間に、結果を出さなければならない。

……あー、疲れた。なんもしたくないし考えたくない。

着替えもせずにベッドに横たわる。本棚に並ぶ過去に使った台本や戯曲集、分厚くて読み進めていない演技論の本に目が留まった。

プロとは言い切れなかったかもしれないが、舞台に立っていた日々は本当に充実していた。そこに居られない今に対する不足感が、苦みとなって口の中に広がる。

解散した演劇ユニットのメンバーの中には、次なるステージに行けた者が何人かいる。だが、限りなくアマチュアに近い活動をしているようだ。

その中の一人から、チケット販売のノルマが厳しくて辞めたいと、数日前に連絡があった。彼は電話口で嘆いていた。芸能事務所と提携していたかつての演劇ユニットには、厳しいノルマなんてなかったのに、と。

理由は簡単だ。主演を務めていたのが、売り出し中の男性アイドルだったから。そのアイドルがドラマや映画で忙しくなり、舞台から遠ざかり始め、芸能事務所から提携を切られたから、演劇ユニットは経営難に陥ったのだ。

口の苦みが増してきた。急いで飲み下すと、ドアが勢いよく開いた。あわてて起き上がる。

「隆くん、お帰り！」

姉の京子だ。パジャマにパーカーを羽織り、ビール缶を二つ手にしている。

「もー、勝手に入ってこないでほしいんだけど」

「いいじゃん、今さら照れなくたって。仕事、どうだった？」

ベッドのふちに腰かけた京子が、片方の缶を隆一に渡してきた。

「大変だったよ、スタッフがみんな個性的で。いろいろ勉強になったけど」

「そっか。あの店、料理とワインは本格的だけど、サービスは規格外だもんね。そこがいいと思って、隆くんを紹介したんだよね」

自分の缶を開けて一気に飲み、「ああー、風呂《ふろ》上がりのビールはうまい」と口元を拭《ぬぐ》う。外では身ぎれいにしているが、本性はガサツな女なのだ。

「知ってた？ 伊勢さんと室田さんって、昔は同じフランス料理店で働いてたんだよ。しかも、甥《おい》と叔父《おじ》」

「えっ？」口に含んだビールが出そうになった。「あの二人って親戚《しんせき》なの？」

「そう。全然似てないよね。三軒亭は、室田さんと伊勢さんが半分ずつ出資した店なんだって。つまり、共同オーナー。室田さん、伊勢さんの才能に出資したんだろうね、きっと」

「そうなんだ。伊勢さんの料理、うまいもんなー。今日の賄いもうまかったし」

「へー。メニューは？」

「フォアグラ入りの親子丼」

「うっわ、なにその贅沢《ぜいたく》な賄い」

「残りもんで作ったみたいだけど、確かに贅沢だね。フォアグラなんて初めて食べたよ」

「あ、だからじゃない？　ギャルソンをフレンチの食材に慣れさせるため」

「そっか、そうかもね。昨日はキャビアとツナのパスタだったし。あれもうまかったなあ。……でもさ、客の好みに合わせて料理を出すこと自体が贅沢だと思うんだ。なんであんなすごい店、経営していけるんだろ」

　隆一の素朴な疑問は、京子がすみやかに解消した。

「室田さんの実家が、横浜でフランス料理店を何軒も経営してるの。そこから食材を回してもらってるから理想の店が作れたんだって、伊勢さんが言ってたよ」

　なるほど、と納得しながらビールを飲む。

陽介さんのように三軒亭をサッカーチームにたとえると、ゴールキーパーに当たる責任者のオーナーが室田さんと伊勢さん。料理でシュートを決めるフォワードは伊勢さん。フィールドを見回して戦略を練るミッドフィルダーが、正輝さん、陽介さん、そして僕。

要はチームプレイってことなんだよな。責任は重大だ。今日のような失敗は、もうしないようにしないと。

「……明日は、もっと頑張らなきゃ」

雅を不快にさせてしまったことを思い出し、声が若干暗くなった。

京子が「なんかあったの？」とやさしく問いかけてくる。

「実はさ、雅さんって人を担当して、すっごいドジっちゃって……」

今夜の出来事を、なるべく脚色せずに打ち明けた。

「なるほどね」

京子がビールを飲み切り、空き缶をつぶしてゴミ箱に入れる。

「ライダウ。謎の言葉だね。なんかミステリーっぽい」

「伊勢さんには謎が解けてるんだ。僕には言わなかっただけで」

きっと、不安だったんだ。——伊勢の声が蘇《よみがえ》る。

「あ、分かった！」

突如、京子が大声を上げて手を打った。「ライダウじゃなくて、ライダップの聞き間違えだったんじゃないの？」

「ライダップ？」

「ほら、テレビのCMでやってるじゃない。有名人が十キロ痩《や》せたとか」

「あー、〝脂肪にアテンドする〟ってコピーの？　確か、トレーナーが個人指導してくれる会員制ジムだよね」

「そう。そう考えると、全部がすっきりするんだよ」

京子は立ち上がり、思いつきを語り出した。

「雅さんはライダップで食事制限をしてた。だから、パンもお肉も残した。もったいないからこっそり持ち帰った。ソースもコッテリしてるものは避けた。デザートも我慢しようとしてたのに、隆くんがサービスで持ってきちゃったからイラッとした。食べちゃうと太るのが〝不安だった〟。どう？」

「……う、なんか腑《ふ》に落ちそう」

「でしょ！　すごい、わたし推理の才能があるのかも！」

再びベッドに腰かけた京子が、隆一の腕をバンバンと叩《たた》く。

「イタイよ。でもさ、食事制限中の人がフレンチなんて食べにくるかな。それに、シヨートケーキの箱を持ってたんだよ。なんか矛盾してない？」

京子がピタリと手を止める。

「食べたくなるの、むしろ。ダイエットの反動で」

「そうなのかなあ……？」

ビール缶を机に置いてベッドに寝転んだ。

「勝手な憶測話はやめよっか。明日《あした》も仕事、頑張ってね」

笑いを含んだ声を残して、京子が部屋から出ていった。

しんとした部屋で、「……姉さん、ありがと」とつぶやく。隆一には分かっていた。京子がわざと憶測話をして、弟を励まそうとしていたことを。

寝仕度を整えながら、京子の言ったことを思い返す。

ライダウはライダップ。雅は食事制限をしていた。そう考えると、確かに不審な態度の説明はつく。でもなんで、店に入ってきたときオドオドしてたんだろう。今思えば、何かを隠していたようだったけど。

……考えても仕方がないか。もう二度と、雅さんは店に来てくれないだろうし。フィールドでの失敗は、フィールドで挽回《ばんかい》しよう。

ベッドで布団をかぶった途端、睡魔に襲われて思考が停止した。

翌日の閉店後。昨晩より少しだけ仕事を楽しめた隆一が入り口のガラスドアを拭《ふ》いていると、思いもよらぬ光景が目に入ってきた。

エレベーターの扉が開き、中から見覚えのある女性が現れたのだ。

「雅さん！」

思わず入り口から飛び出した。雅はダウンジャケットにジーンズ、また青地に黒の水玉模様が入ったケーキ箱を手にしている。

「こんばんはー。昨日はありがとうございました」

その春の日差しのような笑顔に、隆一の身体を安堵《あんど》感が駆け抜ける。

「こちらこそ、ありがとうございました！　すみません、今夜はもう閉店で……」

「知ってます。次の予約を入れようと思って、寄っちゃいました」

「えっ、予約？」

まさかの言葉に耳を疑う。

「そう。私のマンション、ここから歩けるところにあるんです」

「あ、ありがとうございます！」

予約をしに来たということは、僕の失態は気にならなかったということだよな。てゆーか、むしろ気に入ってもらえたんじゃないか？　いやいや、僕のドジっぷりを凌《りょう》駕《が》するほど、伊勢さんの料理が素晴らしかったってことだよ！

隆一は小躍りしたい気分になっていた。

「ちょっと待ってもらえます？　あ、寒いから中に入ってください」

雅を連れて店内に入ると、室田、正輝、陽介が挨拶《あいさつ》に来た。

「雅さん、予約だって！　あ、ご予約で寄ってくれたんです！」

興奮のあまりタメ口で報告してしまった。

「はーい、ご予約ですね」

室田が予約管理をするタブレットを持ち出し、素早く操作をする。

「今月は満席なんですけど、来月以降でしたらお取りできますよ」

「じゃあ……来月の五日、六時にお願いします」

「承知しました。ギャルソンのご指名はされますか？」

「あ……じゃあ、隆一さんで」

「僕ですか！」

隆一は雅の言葉に舞い上がった。陽介と正輝が笑顔で見ている。室田も。

「雅さん、僕、がんばります！」

意気込む隆一に、雅が「あの、昨日くらい放置してもらいたいです」と苦笑する。

それでも、隆一は天にも昇る気持ちがしていた。

伊勢がその場に登場し、雅に声をかけるまでは。

「ご予約、ありがとうございました。今夜もケーキをお持ちなんですね」

「え？　あ、はい……」

なぜか視線を泳がせ、ケーキ箱を後ろに隠した雅を、伊勢が鋭く見つめる。

「次にご来店される時は、その箱を持ち込まないでもらえますか？」

雅の表情が凍りついた。

「伊勢さん、ケーキ箱の持ち込みくらい、よくないですか？　店で食べるわけじゃないんだし」

思わず雅の肩を持ってしまった。

だが、伊勢は固まったままの雅をしかと見つめ、言葉を続ける。

「中身が本当にケーキなら、な」

「はあ？」

意味が分からずに間抜けな声を発した隆一の前で、伊勢は鋭く叫んだ。

「スタンド！」

すると、雅の持っていたケーキ箱から、カタンと音がした。

黒の水玉に見えた上部の模様のひとつから、小さな黒い鼻が覗《のぞ》く。

フンフンと音を立てる鼻。誰がどう見ても動物のものだ。

「……もしかして、犬？」

隆一が箱に目を凝らすと、鼻が覗いている模様は、空気穴の周囲を黒のペイントで縁取ったものだった。箱の上部にある二列の水玉は、すべて中央に空気穴が開いている。

「だめ。ライダウン」

雅が弱々しく言うと、箱の穴から鼻が消えた。

「ライダウン《lie down》。犬に〝伏せ〟をさせる時の英語コマンドよ。スタンド《stand》は〝立て〟のコマンド。優也ってば、アキの散歩によく付き合ってくれたから、コマンドを覚えてたのね」

そういえば、室田はビーグルを飼っていたんだと、隆一は思い出していた。陽介と正輝は、ひたすら呆気《あっけ》に取られている。

「……ライダウは、ライダウンの聞き間違えだったんですね」

フレンチ用語ではないのはもちろん、ジムのライダップでもなかったのだ。

「ああ。そうかもしれないと思ってたから、試してみた」

隆一のつぶやきを伊勢が受け、雅に向かって言った。

「ご存じのように、うちはペットの入店をご遠慮いただいてるんです。でも、もう閉店なんで、その箱を開けてもいいですよ」

無言の雅が箱の蓋《ふた》を開く。薄茶の極小チワワが頭を出した。

潤んだ大きな瞳《ひとみ》をきょろきょろと動かし、赤い舌を覗かせている。笑っているように見えるが、小刻みに震えているので本当は不安なのかもしれない。前足が折れないか心配になるくらい細い。

「可愛いわねえ」と室田が目尻《めじり》を下げる。雅はいかつい室田のオネエ言葉に一瞬驚いたようだが、室田は意にも介さずに「ごめんなさいね、うちの伊勢が失礼なことして」と詫《わ》びを入れた。

「いえ、悪いのは私ですから」

「アタシの家にもビーグルがいるんですよ。アキって名前の男の子。もうヨボヨボだけど、賢い子で。この子のお名前は？」

「マルって言います。私の娘です」

雅がマルの小さな頭を愛《いと》おしそうに撫《な》でる。「すみませんでした。さっきの予約は取り消してください」

帰ろうとした雅を、室田が「ちょっと待って」と呼び止めた。

「マルちゃん、喉《のど》渇いてるんじゃないかな」

室田がバーカウンターから小皿に水を汲《く》んできた。礼を言って受け取った雅がマルの口元に差し出すと、皿の水をペロペロと舐《な》める。

「ホント可愛いなあ」

陽介も相好を崩している。正輝の口元も今にも緩みそうだ。

そんな緩和しかけた空気を、伊勢の厳しい声が引き裂いた。

「この箱は、ペットショップでよく使われる使い捨てのキャリーバッグだ。簡単に手作りもできる。あなたは、この空気穴を誤魔化すために、わざと水玉模様のペイントを施していた。いつもペット禁止の飲食店に、ケーキ箱と偽ってマルを持ち込んでいた。違いますか？」

すっかり観念した様子の雅が、ええ、と肯定する。隆一は軽くショックを受けていた。

僕には「友だちが作ったケーキ箱」って言ってたのに、嘘だったのか……。

「料理もマルに与えていたんじゃないですか？　たとえば、昨日のアントルコートとか」

「……はい。お水もあげてました」

雅は気まずそうに目を伏せた。

「だめよ優也。そんな尋問みたいな言い方じゃ、雅さんが話しづらいでしょ」

室田が窘《たしな》めると、伊勢が「そうですね。すみません」と真摯《しんし》に謝った。

「もー、気を付けてくださいね。伊勢さん、自分で思ってる以上に怖いんですから」

陽介の屈託のない声で、再び空気が緩和する。「そうだ雅さん、パンも紙袋に入れてましたよね。あれもマルにあげるためだったんですか？」

偵察者説を唱えていた陽介が、そんなことは忘れ去ったかのように尋ねる。愛らしい笑顔の効果もあって、嫌味にはまったく感じないが、「いえ、それは……」と雅が言葉を詰まらせる。

「私が言い当ててみましょうか」

伊勢が自信たっぷりに言う。まるでクライマックスで犯人を言い当てる名探偵ポアロのようだなと、隆一は思っていた。

「すごい。伊勢さん、探偵みたいです！」

陽介も隆一と同じように感じたらしい。

「そんな大したことじゃない。雅さんがパンを持ち帰ったのは、単純に乳製品が苦手だったからだと思う。昨日出したのは生クリームを練り込んだパンだったからね。前菜のクリームチーズのソースを残したのも、メレンゲとアイスのデザートを断ったのも、苦手な乳製品だったから、じゃないですか？」

「……クリームっぽいものがダメで。クリーム入りって聞いただけで、パンも食べたくなくなるんです。アレルギーとかじゃないんですけど」

「だったら、オーダーのときにそう言ってくれればよかったのに」

つい口を挟んでしまった隆一に、雅は小さな声で答えた。

「友だちがショートケーキを作ってくれたって、最初に言っちゃったから」

「それって、言わせたの僕ですよね？　雅さん、なんかフレンチ慣れしてなさそうに見えたから、僕がいろいろ質問して……」

「だからだよ」

伊勢が隆一を見る。「隆一に訊《き》かれたから、とっさに嘘をついてしまったんだ。箱のマルを誤魔化すためにね。そのあとにオーダーを決めたから、クリーム系が苦手だって言いづらくなってしまった。そうですよね？」

「……はい。いろいろ用意してくれたのに、食べられなくてすみません。隆一さんにも良くしてもらったのに、本当にごめんなさい」

雅はマルを片手で撫でながら、深く頭《こうべ》を垂れた。

他の客とは隔離されたバルコニー席に座りたいと言ったのも、最初はオドオドとして見えたのも、マルの存在を隠していたから。話しかけてきたギャルソンを遠ざけたのも、マルに肉や水をあげるため、だったのだろう。

「もう謝らないでください。本当のことが分かって、僕、すっきりしてるんです」

本音だった。自分の接客態度が、不快感を与えていたわけではないのかもしれないと、素直に思えたからだ。

「もしかしたら、だけど」

ふいに室田が声を発した。

「雅さんはワインの勉強をしてるんじゃない？　エチケットの写真が撮りたいなんて、素人さんの発想だとは思えないもの」

室田の指摘を、雅が「はい」と認めた。「父がフレンチ好きで、私も連れてってもらうことが多いんです。正直、お料理よりもワインの方が楽しみになっちゃって、私もいつかソムリエになりたい、なんて思ってます」

だからフレンチやワインの用語に詳しかったのか。

またひとつ、隆一の疑問が解けていった。

ここまでは、比較的穏やかに進んでいた雅との対話。

しかし、物事がそう簡単に収まるわけがない。問題は、この後に起きた。

「雅さん、立ち入ったことだとは思うけど、気になるから教えてください。なんで、こんな細工をしてまで、マルを店に連れてきたかったんですか？」

隆一は、どうしても訊きたかった質問を口にした。

「……それは……」

雅がマルを箱ごと抱きしめる。マルは身を乗り出して雅の顔を舐め、尻尾《しっぽ》を千切れんばかりに振った。

「……私、一人暮らしで、私が家を出たらマルは独りぼっちで。お留守番することが辛《つら》いみたいで、それで……」

そこまで言って、雅は黙ってしまった。

「マルは分離不安なんですね」

そっと告げたのは伊勢だ。雅がこくりと頷《うなず》き、目線を下げた。

「分離不安？　それ、なんですか？　伊勢さん、昨日も『不安だったんだ』って言ってましたよね？」

隆一の疑問に答えたのは、ずっと黙っていた正輝だった。

「犬が飼い主と離れると不安になって問題行動を起こすこと。分離不安障害という、人間の子どもにも見受けられる心の病だ」

「さすが正輝さん、詳しいですね」

感心する陽介に、正輝は「実家のプードルがまだ小さい頃、そうだったんだ。誰も居なくなると部屋を汚したり、モノを壊したりして」と説明した。

「マルはそれだけじゃない。玄関で鳴き続けるんです。悲しそうな声で、私が帰るまで何時間でも。玄関のドアに鼻をこすり続けて、その油の汚れが落ちなくなるほど、そこで鳴きながら待っているんです。お隣の方に、迷惑だって何度も言われました」

「だから、連れて出かけるようになった……？」

「そう。私がいれば大人しいんです。こんなにも」

隆一に答えた雅は、マルの背をゆっくりと撫でた。ブシュッと音をたてて、マルが鼻から水と一緒に息を出す。雅はポケットからハンドタオルを出し、鼻を拭《ふ》いてやった。

「マルを初めて見たのは、半年くらい前の夜です。コンビニの店頭で、フックにリードを繫《つな》がれたまま大人しくしてました。そのときは何も思わなかった。ご主人が中で買い物してるんだろうって。でも、翌日の朝にコンビニを通りかかったら、まだそこにいたんです。汚れたコンクリートの上で、何かをじっと待つように。

一体、何時間ここに繫がれていたんだろう？　ご主人はどうしたんだろう？　コンビニの店員さんに訊いたら、お店も困っていて。保健所に連絡しようとしてたそうです。マルは二日間、そこにいたんです。……二日間も。私は店を出てマルに駆け寄りました」

全スタッフが、雅の話に集中している。

「明らかに怯《おび》えてたけど、私が触れるのをマルは拒みませんでした。首にピンクのスカーフが巻いてあって、中に折りたたまれた紙が入ってました。〝マル、三歳、よろしくお願いします〟って書いてありました。

マルは涙でいっぱいの目で私を見て、不安そうにブルブル震えてました。

その日から、彼女は私の娘になりました。

うちに来てから分かったんですけど、私が何気なく手を上げると、怖そうに怯えるんです。怯えるほどぶたれていた、なんて考えたくないんですけどね。それでも、マルはご主人を恋しがっていたような気がしてなりません。だって……」

ひと息いれた雅が、再びマルを箱ごと抱きしめた。

「私が留守にすると鳴き止まなくなるのは、独りぼっちになるとまた捨てられちゃうって、思うからじゃないですか」

コンビニの前で丸二日、誰にも相手にされずに放置されていたマルを想像し、隆一の心は激しくざわついた。

「……だから、私はどこに行くときも、マルと一緒なんです」

静かに語った雅に、室田がさりげなく問いかける。

「雅さん、お仕事は？　そこにもマルを連れてってるの？」

「辞めちゃいました。いいんです。どうせつまんない仕事だったから」

うつむいた雅が、とても幼く、心細く見える。

「そんな、だってアナタ、ソムリエの夢があるんでしょ？　ソムリエの免許って、飲食店で働いてないと取れないのよ？」

室田が心配そうに言う。

「分かってます。でも、今は仕方がないんです。……きっと、私も分離不安だから」

雅は消え入りそうな声を出した。

マルのために仕事まで辞めたなんて、普通ではない。そのままでは、雅の人生がおかしくなってしまうのではないか？　なにか方法はないのだろうか？　いや、そう考えるのは、余計なお世話かもしれないし……。

結論が出ない。雅に何か言いたいのに、なにも思いつかないのが歯がゆい。

「大丈夫。治りますよ」

力強く言った正輝が、メガネを直しながら雅に一歩近寄った。

「実家のプードルも成長したら治ったんです。大事なのは飼い主の心構えと躾《しつけ》。たとえばサークルで囲って閉じ込めて、そこを安心できる環境にしてあげるのも有効みたいで……」

「いやです」

「ん？」

雅が険しい表情で正輝を睨《にら》み、息を大きく吸い込んだ。

「閉じ込めるなんていやです！　絶対にいや！」

想像もしていなかった怒声だった。表情が険しい。

「あなたは閉じ込められたことがある？　狭いところに、たった独りで。扉が開くのを、じっと待ったことがある？　泣いて泣いて、帰ってきてと叫んでも誰も来ない。

喉《のど》が渇いてもお腹が鳴っても我慢して、ひたすら待ち続ける子の気持ち、あなたに分かる？　ねえ、分かるのっ？」

雅の声が大きくなっていく。マルが強く震えている。

一体、何がそんなにも、雅の怒りをかき立てたのだろうか？　正輝は実体験からアドバイスをしただけなのに。

隆一は何も言えずにいた。他の誰もが押し黙ったままでいる。

「失礼します」

いきなり立ち上がった雅が、箱を抱えて入り口に向かった。

「ちょっと待ってください！」

隆一があとを追うと、逃げるように足を速め、ドアを開けて出ようとする。

あ、と雅が小さく声を発して、身体をふらつかせた。入り口の僅《わず》かな段差に躓《つまず》き、バランスを崩したのだ。

「危ない！」

隆一は駆け寄って身体を支えようとしたのだが、間に合わなかった。

前のめりになった雅は、マルを抱く左右の手を一瞬たりとも離さず、曲げた両膝《りょうひざ》をコンクリートの床に激しく打ちつけた。

痛い！　思わず隆一は心中で叫ぶ。今のは相当痛かったはずだ。

片手だけ離して床につき、衝撃を抑えることだってできたかもしれないのに、雅はそうはしなかった。自分の足がどうなろうと、腕の中のものを決して離さずに、守ろうとしたのだ。

まるで、大事な赤ん坊をしっかりと抱く、母親のように。

「雅さん！」

スタッフ全員が声を上げ、雅の元に集まる。雅は立ち上がろうとして再び身体をよろめかせ、苦痛で顔を歪《ゆが》めた。

「誰か、氷とラップ！」

正輝が叫ぶ。隆一はとっさにバーカウンターへ走り、陽介が厨房《ちゅうぼう》に走った。

隆一がボウルに入れた氷、陽介がラップを手に戻ると、ジーンズをまくった雅が入り口付近の椅子に座っていた。両膝に正輝がおしぼりを当てている。室田に箱ごと抱かれているマルが、不安そうに口元を舐《な》めている。伊勢は少し離れた場所で雅を見守っている。

「大丈夫ですか？」

雅は「大したことないです」と隆一に答えたが、「いや、いかに早くアイシングするかが、打撲の手当には大事なんです。少しこのままでいてください」と正輝が言い、膝に氷を包んだラップを巻きつけていく。慣れた手つきだ。

「正輝さん、なんで医療系に詳しいんですか？」

つい訊《き》いてしまった隆一に、「俺は医学部だったんだ」と正輝が返事をした。

なんで医学部だった人がギャルソンに？　とさらなる疑問が湧いたが、それ以上に今は雅のことが気になる。彼女は眉間《みけん》にシワを寄せて痛みをこらえている。

手当がひと段落したところで、隆一はブランケットを雅の膝にかけた。室田が箱のマルを渡すと、マルがイヤイヤをするように雅の胸に頭を擦《こす》りつけた。

「……皆さん、ご親切にありがとうございます」

誰にともなく言った雅が、正輝に視線を定める。

「さっきはごめんなさい。私のために言ってくれたのに」

「いえ、こちらこそ、事情も分からずに余計なことを言ってしまって」

正輝が詫《わ》びると、隣の室田が「余計なことついでに訊いちゃうんだけど、マルちゃんのこと、ご実家に相談できたりしないのかな？　ごめんなさいね。アタシもアキのこと大切に想ってるから、他人事《ひとごと》とは思えなくて」と、いつも以上にソフトな口調で尋ねた。

そうだ、雅は親とフレンチをよく食べるくらい仲がいいのだから、マルを預けるとか、頼れたらいいのに。

そんな隆一の願いは、雅がキッパリと打ち消した。

「無理です。これ以上、迷惑はかけられないから」

これ以上？　これ以上って、どういう意味だろう？

その場の誰もが思ったであろうその時、雅が意を決したように口を開いた。

「私も同じなんです。マルと――」


「小さい頃の、実の母との思い出。真っ先に思い出すのが、トイレに閉じ込められたこと。自分が何をしたからそうなったのかは、覚えてません。閉じ込められることが、あまりにも普通になっていたから。

実の父のことも覚えてません。いつも違う男の人が家に出入りしてたことしか。酷《ひど》いことをされてるなんて、思わなかった。自分が悪いんだからって。母がやさしくなるのを、ひたすら待ってました。

ある日、コンビニに買い物に行ってきてって、言われたんです。

母の役に立てることが、うれしかった。住んでいたアパートからは、かなり遠かったけど、うれしい気持ちで行きました。確か、栄養ドリンクだったかな。帰り道、ビニールをブラブラさせながら、田舎道を歩いたことを覚えています。

でも、家に戻ったら、母はいなかった。

私は何日も待ちました。大量に買ってあった牛乳とお菓子を食べて。だけど、帰っては来なかった。それっきり、母とは会っていません。今から思えば、家を出るからお菓子を買い込んでいたんでしょう。食べるものがなくなって、お腹に激痛が走って、外に出て誰かに助けを求めた記憶があります。……牛乳が、腐っていたんです。

だから私は、今でもクリーム系のものが苦手なんでしょうね」

お母さん、痛いよ。お腹が痛いよ。お母さん、助けて――。

そんな子どもの泣き声が、隆一には聞こえた気がした。

「今の両親は、施設にいた私を引き取ってくれた里親なんです。もう歳だし、これ以上、私のことで迷惑はかけられません」

淡々と語る雅に、かける言葉などなかった。

隆一の脳裏に、昔観ていたテレビドラマの一場面が浮かぶ。親に虐待されていた少女が、黒いビニール袋に入れられて、深夜のゴミ置き場に捨てられている。あれはドラマの中だけの世界だと、子ども心に思っていた。

「……きっとマルも、うれしかったんだと思うんです。ご主人に散歩に連れてってもらって、コンビニの前で待っていることが。

でも、大好きなご主人は、二度とマルの前に現れなかった。

想像してしまうんです。喉が渇いても、お腹が鳴っても、ひたすら誰かの帰りを待っていた、二晩もコンビニの前に繋《つな》がれていた、マルの気持ちを。

きっと帰ってくる。待っていれば、絶対に帰ってくる。

大好きな、あの人が。遠くから、走ってくる。

遅くなってごめんねって、抱きしめてくれる。

そう信じて、ただ時間が過ぎていくのを、独りで震えながら耐えていたんです。

――ご主人にどんな事情があって捨てられたのかは分からない。だけど、胸が痛い。どうしようもなく、胸が痛むんです……」

雅が涙を流さずに泣いている。隆一にはそれが伝わってきた。

どことなく上品でフレンチ用語に詳しいから、育ちのいいお嬢様かも、なんて呑気《のんき》に考えていた自分が、情けなくなってくる。

（キミは、人の痛みってもんをまだ知らないんじゃないか？）

舞台オーディションで演出家から言われた言葉を思い出す。

その通りだ。自分はこれほどの痛みをまだ知らない。なのに、分かっているような気になっていた。それは、単なる傲《おご》りではないか……。

「私はもう二度と、マルを独りぼっちにさせたくないんです。家でサークルに閉じ込めるくらいなら、人が決めたルールを破ってでも、細工をしてでも連れて歩きます」

話を終えた雅は、マルのフワフワした首元に顔を押し当てた。マルは澄んだ黒い瞳《ひとみ》をしばたたかせ、尻尾《しっぽ》を振っている。

ふいに伊勢が、クルリと背を向けて歩き出した。

「伊勢さん？」

つい呼び止めてしまった隆一に、「重い話には、参加したくないんだ」と告げ、そのまま厨房に入ってしまった。

酷い、その言い方は冷たすぎるよ……。

隆一は伊勢に失望にも似た感情を覚えた。場の空気も明らかに重くなっている。

その息苦しい重さを軽くしたのは、またもや陽介の朗らかな声だった。

「ねえ、マルは雅さんの娘なんですよね。母親が子どもを連れて歩くのって、当たり前なんじゃないかな。自分は全然悪くないと思いますよ」

「確かに、犬は人間の三歳児と同じくらいの知能があると言いますからね。かわいい盛りの子どもと同じかもしれません」

正輝が神妙な顔つきをする。雅の腕の中で、マルが目を閉じている。安心しきって、薄《う》っすらと笑みをうかべているように見える。

そうだよ、雅さんはマルの母親なんだ。さっきマルを庇《かば》って両膝《りょうひざ》に怪我をした彼女は、本能的に子を守る母そのものだったじゃないか。

隆一は思わず声を張り上げた。

「ここ、犬も入れるレストランにしましょうよ！　そしたら、雅さんもマルと来れるじゃないですか！」

そんな安易に店のルールを変えられないだろうし、そんなことぐらいで雅たちの分離不安が治るとも思わない。だが、何かをせずにはいられない。

「室田さん、お願いします！　伊勢さんに言ってもらえませんか？　ペットと一緒に入れるカフェとかレストランって、いま増えてるじゃないですか。大事なのはおもてなしの心なんですよね？　どんな事情の方も受け入れるのが、おもてなしの心を大事にする店なんじゃないですか？」

決めポーズをするギャルソン。医者のようなギャルソン。オネエ言葉のいかついソムリエ。そして、オーダーメイドの料理を生み出すシェフ。こんな普通ではありえない個性派スタッフの店なのだから、人間以外の客が来てもいいじゃないか。そう心の中で続けた。

「雅さんはソムリエになりたいから、マルを隠してでもここに来たんだと思うんです。それがバレちゃって、辛《つら》い話をする羽目になって……。僕、このまま雅さんを帰したくないです！」

ほとんど泣きそうだった。みんなの視線を感じる。隆一は、舞台に立って大事なセリフを言っているような感覚になっていた。

「隆一くんの言う通りね」

室田が穏やかに言った。

「えっ？　じゃあ……」

「そうしてあげたいのは山々なんだけど、優也がなんて言うかしらね」

室田は厨房《ちゅうぼう》の方に視線を向けた。

「隆一、誰もが犬好きだと思うな」と正輝が言い、陽介が「伊勢さん、犬が苦手なんだよね。残念ながら」とため息をつく。

「苦手？　だって、さっき室田さん、アキの散歩に伊勢さんも付き合ってたって」

「あれは昔の話よ。ずっと昔の話」

じゃあ、なんで苦手になったんですか！　と訊《き》こうとした。

「……隆一さん、もういいです。私のために、ありがとう」

雅がマルの箱とブランケットを隣の椅子に置き、アイシングのラップを外した。ジーンズの裾《すそ》を戻し、マルを抱えてゆっくりと立ち上がる。

「皆さん、本当にすみませんでした。帰りますね」

——おそらく、今までいろんなことを諦《あきら》めてきた人の声だ。

最初に諦めたのは、実の母親からの愛情。

最近に諦めたのは、勤め人としての日常。

ソムリエになるという夢。

養父母を含め、他者に助けを求めることも。

これからも何かを諦め続けながら、こそこそと暮らしていくのだろうか。

誰にも気づかれないように、小さな娘を箱の中に隠して。

……いやだ。頼むから、もう諦めないで。諦めちゃだめだ！

「待ってください！　僕、なんとかしてみますから！」

自分がなぜ、こんなにも必死なのか、隆一は理解していた。雅をこのまま帰してしまったら、役者を諦められない自分が、その夢を諦めてしまいそうだったからだ。

弱々しく揺れる希望の炎が、消えてしまいそうだったから。

隆一が厨房に向かって足を踏み出すと、扉が開いて中から伊勢が出てきた。

雅が顔を強張《こわば》らせ、マルを抱いた腕に力を込める。

(重い話には、参加したくないんだ)

伊勢の冷たい言葉がリフレインし、隆一の身体も固くなる。

真っすぐに雅の元へ向かう伊勢。隆一はそれを止める文句が思いつかない。伊勢は雅の目前で立ち止まった。小さな紙袋を二つ手にしている。

「お土産です」

一方の紙袋から、プラスティックの箱を取り出す。丸くかたどったチョコレート菓子が、十粒ほど並んでいる。

「当店特製、貴腐ワイン入りのショコラ・ド・ソーテルヌ。カカオが脳内に生み出すエンドルフィンは、人に幸福感をもたらすんです。昔は万能薬として使われていたそうですよ。病は気からって言いますからね。これを食べて笑顔になれば、不安な気持ちが吹き飛びます」

「伊勢さん……」

想定外の展開に、隆一は次の言葉が探せない。

「あなたは、マルの立派な母親だ。捨てたりなんてするわけがない。何があっても離さないし、何かあっても必ず帰ってくる。そうですよね?」

雅が瞳を潤ませ、大きく首を縦に振る。

「その想いが伝われば、マルも安心するんじゃないですか？　人間と暮らす動物は、人の心が分かるようになるらしいから」

そう言って伊勢は、ショコラの箱を紙袋に戻し、それを雅に渡した。

袋を手にした雅が、口元をほころばせる。花の蕾《つぼみ》が開くように。

「伊勢さん、チョコレートはポアロの大好物なんですよね」

いかにもうれしそうに正輝がポアロ情報を挟む。

「そう。カカオは灰色の脳細胞も活性化させるんだよ」

「灰色の脳細胞？　なんですかそれ？」

陽介はポカンとした顔をしている。

確か〝灰色の脳細胞〟は、ポアロが推理するときの決めゼリフだったよな、と隆一は思ったが、本題から逸《そ》れるので黙っておく。

「そこにあるクリスティーの本を読め」

正輝が本棚を指差した。

「フフフ」

雅が華やいだ声を上げる。気づいたら、隆一の頬も思い切り緩んでいた。

「それから、これはマルへのお土産です」

伊勢はもう一方の紙袋から、ホイルに包んだ何かを取り出した。「アントルコートのグリエ。塩抜きソース抜き」

そして伊勢は言った。とてもやさしい表情で。

「箱の中で隠れて食べるより、堂々と食べる方が、美味《おい》しいに決まってますから」

マルが匂いにつられてクンクンと鼻を動かす。

雅が二つ目のお土産を受け取りながら、「そうですね」と涙声を出した。

「なるほど。肉を焼いて世話も焼く。伊勢さんらしいな」と正輝が目を細め、「伊勢さん、さすがです！」と陽介も感嘆する。隆一も同感だ。

この人は、料理で人の痛みを癒《いや》せるのかもしれない。

「あの、伊勢さん、お願いが……」と言いかけると、伊勢ははっきりと告げた。

「聞こえてた。悪い。俺は犬が苦手なんだ」

期待で膨らんだ胸が急激にしぼんでいく。雅の顔が見られない。

……でもそうだよな。これ以上、無理は言えないよ。自分の店じゃないんだし。

客観性を取り戻した隆一の耳に、伊勢の声が響いてきた。

「……だから、バルコニー席だけだ。それなら考えてもいい」

そう言い残し、足早に厨房へ戻っていく。

「ありがとうございます！」

礼を述べようとした隆一より先に、雅が声を上げた。

伊勢は背を向けたまま、「いまサービスした分、取り戻さないと」と憎まれ口を叩《たた》き、スイングドアの中に消えていった。

隆一は伊勢に向かって折り曲げた上半身を、ゆっくりと元に戻した。

「室田さん、考えてもいいってことは、ＯＫってことですよね？」

キラキラとした眼差《まなざ》しで陽介が尋ねる。

「そうね。これからバルコニーだけはペット可。ホームページに入れとかなきゃ」

室田がタブレットをいじり出す。

「来月の予約、キャンセルをキャンセルでよろしいですか？」

正輝の質問に雅が答える。最高の笑顔で。

「もちろん、お願いします。マル、よかったね。……うれしい、ね」

語尾が少しだけ、かすれていた。

――これで問題が解決したわけじゃない。だけど、これから雅はマルを堂々とここに連れてこられるのだ。それは僅《わず》かだけれど、確かな変化だ。雅の中でも、変化が起きることを信じよう。雪山に春の日差しが注ぎ、凍った雪が徐々に解けていくように、不安に支配された心が、少しずつ癒《い》えていくことを願っていよう。

雅がマルの背に頬ずりをしている。その背後に、ほのかな光が差した気がした。

なんだか眩《まぶ》しい。隆一は、そっと目をつむった。

雅とマルが帰り、用事があると言って伊勢も先に店を出た。

私服に着替えた隆一は、テーブルに着いて至福の時間を過ごしていた。陽介と正輝と一緒に軽く赤ワインを飲み、伊勢が雅にプレゼントしたのと同じショコラ・ド・ソーテルヌをつまんでいたからだ。

「あー超うまい！　ワインに合いますねぇ」

甘さをごく控えめにした濃厚なチョコの中に、ソーテルヌという名の白葡萄《ぶどう》が甘く香る貴腐ワインと、柔らかな食感のレーズンが入っている。

「美味しいって、ホント幸せな気持ちになる特効薬ですよね。いろいろ嫌なことがあっても、美味しいなって思ってるあいだは、全部忘れちゃいますから。伊勢さんの料理、本当にすごいです」

興奮気味に言った隆一に、陽介がいたずらっ子のような視線を送った。

「じゃあ、質問。自分が客だったら、伊勢さんに何を作ってほしい？　オレはね、お子様ランチみたいのが食べてみたいなあ。ちっちゃな旗とか立ってるやつ」

「陽介っぽくて幼稚な、いや、遊び心のある発想だな。俺はむしろ、伊勢さんの和食を試してみたいね。茶懐石とか」

「歳の割にジジ臭い、じゃなくて、落ち着いた正輝さんらしいですね」

「なに？」と正輝に睨《にら》まれ、陽介が「すみませーん」と舌を出す。

「隆一くんは何かある？」

　一人だけ飲んでいない室田に訊《き》かれて、しばし考えた。

「僕、タルトとかパイとかが好きなんです。甘くないキッシュなんかも好きで。バターとチーズがタップリで、ベーコンとかホウレン草が入ってて。いつか、伊勢さんに作ってほしいな。特製のキッシュ」

　すると正輝が、「キッシュはなあ……」と口ごもる。

「え？　キッシュが何なんですか？」

「お客さんからオーダーされたことがあるけど、伊勢さん、キッシュは作れないって言うんだ。理由は訊いても教えてくれなくてさ」と陽介。

「伊勢さん、リクエストにはなんでも応《こた》えるはずですよね？　なんでキッシュが作れないんだろう？　そういえば、犬が苦手になったって話も気になるんです。何かあったんですか？　ねえ、室田さん？」

　頭がハテナマークだらけの隆一に、室田が言う。

「さあ。アタシもよく分かんなくて。何があったのかしらね」

　とぼけている。隆一の直感が、そう告げていた。これ以上追及しても、教えてはくれないだろう、と。

それならそれでいい。伊勢の過去に何があろうが、いま彼が作る料理が飛び切り美味しいことに、変わりはないのだから。

「さー、今夜は解散。片付けはアタシがやるから、早く帰りなさい」

有無を言わさずに店を出された。

人通りが多い。三軒茶屋の夜は長いのだ。

「また明日《あした》なー」

ダウンジャケットのフードをかぶり、大きなマスクをした陽介が、ビル前に駐輪していた自転車で去っていく。下北沢《しもきたざわ》に実家があるため、帰りは自転車か徒歩らしい。

黒革のトレンチコートを着込んだ正輝が、「隆一」と声をかけてきた。

「今日はよくやったな。お客様によろこんでもらえると、うれしいだろ？」

「はい！」

胸の奥で、ジワンと音が鳴った。感謝なのか感動なのか、よく分からない何かがこみ上げてくる。

「僕、ギャルソンは料理を運ぶだけの仕事じゃないってことが、分かってきた気がしました。まだまだですけど、がんばります」

軽く頷《うなず》いた正輝が、空を見上げて言った。

「キープ・ユア・スタイル、キープ・ユア・スマイル、キープ・ユア・ベスト。ポールがよく言ってた言葉だ」

なるほど。自分のスタイルを守りながら、笑顔を忘れずにベストを尽くす、ってことか。うん、いい言葉だ。

隆一もその言葉を胸に刻み込んだ。

「じゃ、俺はタクシー拾うから」と、正輝は茶沢通りの方向に颯爽《さっそう》と歩いていく。彼は一人暮らしで、住まいは自由《じゆう》が丘《おか》の辺りだという。

「お疲れさまでした！」

隆一は正輝の背に向かって、深々と頭を下げた。

三軒亭という素晴らしくユニークなビストロと、個性豊かなスタッフたちに巡り合った幸運を、しみじみと噛《か》みしめる。

ギャルソンのバイトは、かなりやり甲斐《がい》がありそうだ。フランス料理やワイン、カクテルについても勉強してみようか。奥が深くて面白そうだし、どんな知識だって演技の肥やしになるはずだから。

あ、オーディション情報も探さないと。次は受かっちゃう予感がするぞ！

スマホを取り出して目を見張る。

「ヤバい、もう終電だ！」

駅の入り口に向かってダッシュする。ワインで火照った顔に夜風が心地よい。

隆一は、このままどこまでも、走っていけるような気がしていた。

2

Dinde aux Marrons ～ダンドォーマロン～

Mysterious Dinner at
Bistro Sangen-tei

十二月に入ると、東京の繁華街はクリスマスのデコレーション一色になる。六本木《ろっぽんぎ》、銀座《ぎんざ》、丸《まる》の内《うち》あたりはイルミネーションが輝き、すでに大変な賑《にぎ》わいになっているらしい。

しかし、三軒茶屋の街は、というと、それほどでもない。

もちろん、ツリーや電飾など、いつもよりは華やかに装った店も多いのだが、ラグジュアリーか？　と問われると違う。

三軒亭も豪華なツリーはなく、各テーブルに飾られた柊《ひいらぎ》の葉と赤い実が、クリスマス感を演出している程度だ。

「六本木とかが気合入れたフルメイクなら、三茶はナチュラルメイクになった感じ？」

姉の京子がうまいこと言った、という顔をした。

「あー、そんな感じかも。先輩、それ、分かりやすいです」

ニッコリと笑ったのは、京子の大学時代の後輩、根本岬《ねもとみさき》だ。

二人は三軒亭でディナーを楽しんでいた。指名ギャルソンは、もちろん隆一である。

「姉さんのドヤ顔、なんかイラっとするんですけど」

「うるさいな。隆くん、さっきお水ついだ時、こぼしそうになったでしょ」

「……見てたんだ」

「見てたよ。ドジなんだから気をつけなよ」

「相変わらず仲がいいですねえ」

岬は京子の二つ下、二十六歳とのことだが、京子と並ぶと年上に見える。痩《や》せ気味で面長な顔つきのせいか？　それとも、京子がメイクやファッションで若作りするテクに長《た》けているからなのか？

色鮮やかな模様の入ったツーピース、栗色に波打つ髪の京子が太陽なら、グレーのパンツスーツに黒髪のショートボブの岬は、月のイメージだ。

「京子さん、ワインのお代わりはいかが？」

「あ、お願いします」

背後からやって来た室田が、慣れた手つきでボトルを掲げ、空になりかけていたグラスに白ワインを注ぐ。

「私ももう一杯いきます。ちょっと待ってください」

三分の一ほどグラスに残っていたワインを、岬は一気に飲んでしまった。

「惚《ほ》れ惚《ぼ》れする飲みっぷりねえ、岬さん」

感心しながら室田が岬のグラスを満たす。

「先輩と二人なら、ボトル三本は軽いです」

「そうだね。体調が良ければ五本」

「昔はよく朝まで飲んだくれてましたよね」

「残念な合コンの反省会とかね」

「そうそう」

楽しそうに笑みを交わす。

「じゃ、ゆっくりしてってね」

室田がバーカウンターに戻っていった。

「合コンって言えばさ、このあいだの彼、どうなった？　ほら、若手社長たちとの食事会で岬が名刺交換してた人」

「ああ、コインランドリーの経営者。次の日にメールしたけどレスなしです。こっちだって社交辞令だったのに、振られたみたいで気分悪いわー、って感じですよ」

早口で勢いよくしゃべる岬。さっぱりとした気質の好感が持てる女性だ。

「先輩こそ、どうなったんですか？　老舗《しにせ》呉服屋の御曹司。名刺交換してましたよね？」

「あー、何度かメールのやり取りはしたんだけど、二人で会おうって気配にはならなくて」

「そうなんですか？　高峰《たかみね》さんでしたっけ。結構いい男でしたよね。先輩と盛り上がってたように見えたけど」

「まあね。でもいいの。ボンボンと付き合うと大変そうだし」

「ってことは、あの食事会も残念な結果で終わったわけですね」

「だね。次いこ、次」

「了解！　じゃ、またセッティングします」

次の出会いにカンパーイ、とグラスを鳴らし、ワインをグビッと飲む二人。共通の残念な思い出が、酒豪同士のいいつまみになるらしい。

「先輩、中辛の白を選んで正解でしたね。このお料理にピッタリ。何杯でも飲めちゃいそう」

半分ほどになっていた料理をカトラリーでカットした岬が、それを口に入れて恍惚《こうこつ》とした表情を浮かべる。

〝甘鯛《あまだい》のムニエル・青海苔《あおのり》入りバターソース〟。鱗《うろこ》つきの皮をカリッと焼き上げた甘鯛を、白ワインとバターに青海苔を加えたソースで仕上げた料理だ。

「うん。クリスピーな鱗がチップみたいで美味《おい》しい。外はパリっとしてて、中はふんわり柔らかくて。魚料理って、焼き加減で味が変わっちゃうんだよね。これは最高」

京子は黒塗りの箸《はし》を動かしながら感想を述べる。

「ほのかな磯の香りとバターのコクもたまらないですよね。あー、幸せ」

早々と甘鯛を食べ終えた岬が、ワインを飲んで息を吐く。

「この後のメインも楽しみですね。タンドリーチキンじゃなくて……」

「ダンドォーマロン。七面鳥の栗詰めです」

それは、「クリスマス料理が食べたい」という京子たちのリクエストで、伊勢が用意しているスペシャル料理だった。

「それって、伊勢さんの好きなポアロが小説で食べてた料理なんでしょ？」

京子が隆一を見上げた。

「そう。レシピはオリジナルだけどね」

「ふーん。マニアなんですね、伊勢さんって。会ってみたいな」

来店は二度目で、まだ伊勢と対面していないという岬。前回は他のテーブルがミニパーティーをしていたため、伊勢が厨房《ちゅうぼう》から出てこられなかったらしい。

「今夜は紹介する。タイミング見て来てくれるはずだから。ね、隆くん」

「伝えてあります」

「楽しみだな。あ、そーいえば、さっき先輩とパラパラ見てたんだけど……」

と言って岬は、隣の椅子に置いてあった本を手にした。

『三軒茶屋・三宿《みしゅく》ナイトスポット』。この界隈《かいわい》の飲食店や娯楽施設を特集したムック本だ。ここの本棚にあったのを、隆一も記憶している。

「三軒亭も取材とか受けたらいいのに。個性派ギャルソンが揃った面白い店なんだから」

岬の視線が他のテーブルに移動した。接客中の陽介や正輝を見たのだろう。二人とも、すでに京子たちに挨拶《あいさつ》済みだ。

陽介は開口一番に、「京子さんはカラフル、岬さんはモノトーン。コントラストがクッキリしてて絵になりますねー」と二人のファッションを褒め、愛らしい笑顔で右拳《こぶし》の決めポーズを取って立ち去った。

メガネに手を当てた正輝は、前菜で出した〝毛ガニとカリフラワーのムース〟の栄養素について、「カニの赤い色素には高い抗酸化作用があって……」「カリフラワーのビタミンCは熱に強いので料理向きで……」などと雄弁に語っていた。

「いや、雑誌に取材なんてされたら大変なことになりそうです。先々まで予約で一杯ですから」

そんな繁盛店でギャルソンのバイトをする傍ら、隆一は劇団のオーディションにチャレンジを続けているのだが、相変わらずいい結果はもらえていない。

変わらない現実に業を煮やし、最近は演技指導のプロが講師を務める、演技レッスンにも通い始めた。

講師はすでに高齢だが、何人もの大物俳優に芝居を教えてきたベテラン。経験に基づいた話は面白く、聞いているだけでも勉強になる。十名ほどの少人数制で、発声やストレッチなどの基礎レッスンに加え、シェイクスピアやチェーホフの古典的な戯曲を使って、脚本の読み合わせや稽古《けいこ》の実践もさせてくれる。

ただ、隆一の言い回しが講師には気に入らないようで、毎回、「違う、もう一度」と何度もやり直しを命じられる。とは言え、具体的に何が違うのか、論理的な説明はほぼない。自分が指導したことのある有名俳優の名前を出し、その俳優のようにやりなさい、などと指示をされたりするので、モヤモヤが残ることもあった。

それでも、何もしていないよりはましだった。そうやってレッスンを受けながら感覚を磨き続ければ、いつかチャンスが来る。今はそう信じるしかない。


「わ、なんかステキなのが来た」

岬の声で隆一が振り向くと、デザート用のワゴンをうやうやしく運んできた正輝が、担当テーブルの前でピタリと止まった。京子たちの隣のテーブルだ。

ワゴンの上には、大きなプリンの形をしたパウンドケーキ風のプディングや、アイスクリームの入った容器がのっている。

「クリスマスプディングでございます。フランベいたしますね」

上品そうな老紳士と老婦人が、楽し気に視線を交わす。

正輝は小さなソース入れでブランデーをプディングにかけ、ライターで素早く火を点《とも》した。青い炎がプディングをゆらゆらと包み込み、ブランデーの甘い香りが立ち込める。

「すごい」「キレイ」

京子と岬が感嘆する。

「クリスマスプディングも、ポアロが小説の中で食べてたらしいよ」

隆一が解説すると、京子が「わたしたちも、あのデザート頼めばよかったかな」と残念そうに言った。岬も「ですねえ」と相槌《あいづち》を打つ。ワイン好きの京子たちは、デザートも貴腐ワイン入りのショコラ・ド・ソーテルヌをリクエストしていたのだった。

そのとき、担当中の老婦人から何やら耳打ちされた正輝が、京子たちのテーブルにやって来た。

「よろしければ、少しプディングを召し上がりませんかと、お客様がおっしゃっています。自分たちだけでは食べきれそうにないから、と」

「え？　あ、そんな……」

うろたえる京子と岬に、老紳士と老婦人が「どうぞ」とほほ笑む。京子たちの会話が聞こえていたのだろう。

初めは遠慮しようとした二人だが、「せっかくのご厚意だから」と京子が言い出し、プディングのお裾《すそ》分《わ》けをしてもらうことになった。

「メインを召し上がる前なので、ごく軽めに盛り付けてあります」

正輝がテキパキとデザート皿を置く。

薄くカットしたプディングの横に、ホワイトチョコのアイスクリームが添えてある。アイスにのせられたミントの葉とラズベリーの実が、テーブルに飾った柊《ひいらぎ》の葉と実を彷彿《ほうふつ》とさせる。

フランベしたプディングをカットし、アイスと共に盛り付けたのも正輝だ。そんなパフォーマンスなどさせてもらえない隆一は、ひたすら憧《あこが》れの眼差《まなざ》しを正輝に注いでいたのだった。

老紳士たちに礼を言い、プディングをひと口食べた京子たちは、「美味しい！」と同時に声を上げた。

「メインの前にデザートなんて初めて。ソルベとか、口直しの感覚に近いね」

「ワインにも合いますねえ」

室田に注がれた白ワインを飲み、京子と岬がご機嫌な表情を見せると、黒いコックコート姿の伊勢が挨拶にやって来た。

「いらっしゃいませ。京子さん、いつもありがとう」

「紹介するね。こちら、根本岬さん。大学の英語サークルで一緒だったの」

「初めまして。伊勢です」

「こんばんは。すっごくステキなお店ですね。お料理も最高です」

高揚した岬が、「シェフもイケメンじゃないですか」と京子を見る。「もしかして、ホントは先輩の彼氏、とか？」

「まっさかー。単なる友だち。ねえ、伊勢さんって彼女とかいるの？」

「募集中」

伊勢は切れ長の目尻《めじり》を緩ませ、やや薄めの唇で緩やかな弧を描いた。いつものごとく謎めいている。隆一がここで仕事を始めてひと月以上が経つが、伊勢の私生活はまったく分からない。

「そうなんですね。私と一緒です」

岬が瞳《ひとみ》をきらめかせる。「いい出会いって、なかなかないですよね」

「ないない。みんな一緒だよ。ね、隆くん」

「姉さん、僕に振らないでよ」

すぐに恋愛トークになる妙齢の女子二人。隆一は返しに戸惑うばかりである。

「クリスマスプディングって、初めて食べました。すごく美味《おい》しいです」

岬が話題を変えてくれた。「ナッツとかドライフルーツとか、いろいろ入ってるんですね。食感がモッチリしてて独特」

「イギリスの伝統菓子。十三種類の具材を使うのが正統派なんです。キリストの誕生日にちなんで、キリストとその十二人の弟子の数になっているそうです。私はもっと多くの材料を使いますけどね。イギリスの家庭では、家族が一人ずつ願いを込めながら、具材の入ったボウルをかき混ぜるんですよ」

「へえ。伊勢さんも、作るときに何か願ったんですか?」

両手を口元で重ねた岬が、小首をかしげる。いかにも女子っぽい仕草だ。隆一の前では一度もしなかったのだが。

「願い……」

伊勢がふと、遠い目をした。「正直に言ってしまうと、私は願ったり祈ったりはしないですね。何かを願うと、それが叶《かな》ってない現実を意識しそうだから」

でも、と岬に視線を戻す。

「皆さんに美味しく食べてもらいたいって気持ちは、込めましたよ」

「キザー。伊勢さん、いま思いつきでしゃべったでしょ」

京子が高い声で笑う。岬はうっとりと伊勢を見ている。

「そんなことないって。岬さん、今日はお仕事帰りですか?」

酔いでハイテンションな京子にはあまり構わず、伊勢が岬に尋ねた。

「そうなんです。ツアーコンダクターをやってます。ホントは京子先輩と同じくCAを目指してたんですけど、結局なれなくて。……まあ、白鳥に憧れても、アヒルの子はアヒルのままですから。なんてね」

「もー、なに言ってんのよ。得意な英語が活《い》かせる仕事じゃない。そうだ岬、伊勢さんと名刺交換しておけば？」

「え、いいですか？」

「もちろん。そのつもりでした」

伊勢がポケットから名刺入れを取り出した。細く長い指で中から一枚抜き、ショルダーバッグから名刺を取り出した岬と交換する。

「伊勢さん、わたしにも一枚ちょうだい。名刺管理アプリに入れるから」

「あれ？　渡してなかったっけ」

「うん。ここの名刺はもらったことないよ」

京子は大きめのトートバッグから小型のクラッチバッグを出し、さらにその中から名刺入れを取り出して、伊勢からもらった名刺を入れた。すべてがブランド品だ。ずいぶん変わったよなと、隆一は今さらながら思う。大学に入るまでの京子は、ファッションにもメイクにも興味のない、地味な女だったのだ。

「先輩、名刺入れパンパンですよ」

「そーなの。だから名刺管理アプリでデータ化しようかと思って」

「残念な御曹司の名刺も、そこに入ってそうですね」

「呉服屋のボンボン？　あるけど、彼のはデータにしなくてもいいかな」

岬と京子がクスクスと笑い合う。

「そろそろメイン料理の準備をしますね」

伊勢がその場を離れるや否や、岬が隆一に「ね、伊勢さんって本当に彼女いないのかな？」と問いかけてくる。どうやら、かなり気に入ってしまったようだ。

「どうなんでしょう？　個人的な話、したことないんです」

「今度、伊勢さんとプライベートで飲みにいこ。そこで追及すればいいよ」

「いいですね。あ、来週の金曜日の夜とかって、空いてたりしませんかね？」

張り切る岬に、京子が「わたしは丁度休み。伊勢さんに訊《き》いてみよっか」と言った。

「ぜひお願いします！」

岬が意気込んだその瞬間、スマホの着信音が鳴った。

「あ、私のケータイだ。すみません、出ますね」

ショルダーバッグから岬がスマホを取り出した。

「……はい、お疲れさまです。はい、ええ。……なるほど。分かりました。来週の金曜日。……はい、大丈夫です。失礼します」

スマホをバッグに戻しながら、大きくため息をつく。

「ごめんなさい、仕事になっちゃいました」

「また？　最近、仕事でドタキャンになること、多いよね？」

「派遣のツアコンなんてフリーランスのようなもんだから、断れないんですよ。それに……」

どこか陰のある笑みを浮かべる。「予定が入るとホッとするんです。たとえ、それが仕事でも。休みの日に独りでいると、ドーンと落ちちゃう時があって」

岬は三年ほど前に交通事故で両親を亡くし、相続したマンションの一室で一人暮らしをしているという。既婚者の兄とは不仲で、頼る親戚《しんせき》もいない彼女を、京子は妹のように感じているようだった。

「岬、考えすぎだよ。よくないなあ、それ」

「考えすぎ、なのかな。でも、ずっと独りきりで部屋にいると、自分がどんどん小さくなってく感じがするんです。そのまま消えてっちゃうようで、いなくなっても誰にも気づいてもらえない気がして、怖くなるっていうか……」

目線が下がり、声のトーンも低くなっていく。

岬の抱える孤独感は、いつも家族がそばにいる隆一には、経験したことがない類《たぐい》のものかもしれない。どんな言葉を発しても嘘くさくなりそうで、話しかけられなかった。

「……やばいです。今、暗黒モードに入っちゃってました」

「大丈夫だって。岬にはわたしもついてるから。もっと気楽にいこ。休みを一緒に過ごす彼氏、頑張って見つけてさ」

「ホントそーですよね。出会いのチャンス、作らなきゃ」

岬はいつものさばけた雰囲気を取り戻した。京子が「そうそう」と頷《うなず》き、「今は料理とワインを楽しもう。ご馳走《ちそう》しちゃうからさ」と弾んだ声を出す。

「だめですよ先輩。今日は割り勘にしてください」

「いいの。後輩に出させるわけにはいかないって、いつも言ってるじゃない」

「でも……」

「いいからいいから」

京子がクラッチバッグを手に立ち上がった。「ちょっとお手洗い、行ってくるね」

足元がふらついているので、隆一もトイレの前までついて行く。

「大丈夫だよ。そんなに酔ってないし」

真っすぐに男性用トイレの方に向かう。

「姉さん、そっちじゃないよ！」

弟に指摘されて、よろよろと女性用トイレに入っていく。

もー、酔ってるじゃん。まあ、ほっとくか。このくらいでつぶれる人じゃないから。

とはいえ、水は飲ませた方がいいなと思い、隆一はバーカウンターに水差しを取りに行った。店内を見回すと、陽介は二人の若い女性客に食後の紅茶を注いでいた。正輝はプディングを食べ終えた老紳士から、支払い用のカードを受け取っている。

京子が席に戻ると同時に、岬もショルダーバッグを抱えてトイレに向かった。彼女の足取りはいたって正常。京子以上に酒が強そうだった。


「そろそろ焼きあがりますよ、七面鳥の栗詰め」

隆一の声で、京子と岬が厨房《ちゅうぼう》の方に目をやった。他の客はすでに帰っていたため、店内は京子たちの貸し切り状態だ。

「すっごい楽しみ。先輩、焼き栗の香りがしてきた気がしません？　パリの匂い」

「なるほど。パリの冬の名物、焼き栗屋ね。さすがツアコン、たとえがオシャレ」

「昔、二人で旅行に行きましたよね。パリとアルザス」

「行ったねえ。焼き栗屋で栗を買って、食べながらパリの街を歩いて。楽しかったな。あ、七面鳥の写真撮りたい。ケータイ出しとこ」

京子がトートバッグを開けた。「あれ？　……」と中に手を入れる。

「まさか、財布がない、とかですか?」

心配そうな岬に、京子が「クラッチバッグがないの」と言った。顔が青ざめている。

「姉さんが名刺入れてたやつ?」

「そう」

「さっきトイレに行った時は持ってたよ?」

「置いてきちゃったのかも!」

京子はあわてて女子トイレに向かった。

岬が「私もトイレに行ったけど、バッグには気づかなかったな」とつぶやく。

「——ねえ、見てよこれ」

京子がクラッチバッグを持って戻ってきた。

「あったんだ。よかった……」

安堵《あんど》しかけた隆一を京子が遮る。

「違うの」

「これ、わたしのじゃない」

「えっ?」

隆一がバッグを見る。色はシルバーで、横幅二十五センチほどの長方形。先ほど京子が名刺入れを取り出したバッグとそっくりだ。「同じに見えるけど?」

「中身が違うのよ! 同じのを持ってた人がいたんだと思う。これ、人気ブランドの新作だから」

「……どういうこと？　あ、同じバッグの持ち主が、トイレに置き忘れた姉さんのバッグと自分のを、間違えて持ってったってこと？」

「そうとしか考えられない。だってこれ、トイレのタンクの上に置いてあったんだよ。わたし、洗面台の横には置いたけど、タンクの上に置いた覚えはないんだよ」

　必死に訴えてくる。ワインの酔いは醒《さ》めてしまったようだ。

「なるほど」と正輝の声がした。隆一の斜め後ろに立ち、顎《あご》に手を当てて思慮深げに考え込んでいる。

「……まず、京子さんが洗面台にそのバッグを置き忘れた。そのあと、同じバッグを持った誰かがトイレに入り、自分のバッグをタンクに置いて、忘れたまま洗面台で手を洗った。横に同じバッグがあったので、自分のだと思い込んで持っていってしまった。そんな感じだったのかもしれませんね」

　そうかもしれない、と隆一も思った。この店ではほとんどの客がワインを飲むため、忘れ物なども多いのだ。

　突如、「あ！」と声がした。隣のテーブルを片付けていた陽介だ。目を丸くして京子のクラッチバッグを見ている。

「そんな感じのバッグ、アサミさんが持ってました。自分が担当したお客様です」

二人組の若い女性客。そのうちの一人か、と隆一は陽介の担当客を思い返す。

「陽介、そのアサミさんに電話してみよう。まだ近くにいるかもしれない」

正輝の指示を「ウィ」と受け、陽介がポケットからスマホを取り出した。

「……あ、連絡先が分からない。初めてのお客さんだったんで」

「オーダー用紙に書いてあるんじゃない？」

バーカウンターの室田が言った。「ちょっと待ってて」

室田は厨房に入り、すぐにオーダー用紙を持った伊勢と一緒に出てきた。伊勢が用紙を陽介に渡し、「すぐ見つかるよ」と京子を慰める。

陽介が電話をしている間に、隆一は用紙の氏名欄を見た。フルネームは坂本アサミ。同行者は有田マキ。

「――出ない。マキさんにもかけてみます」

京子と岬が不安げに陽介を見ている。やがてスマホを耳にあてたまま、陽介が首を横に振った。「こっちは直留守」

「そんな……どうしよう。ダイヤのネックレスが入ってるのに」

「えっ？」「ダイヤモンド？」

その場の誰もが驚く。京子は「うん」と泣き出しそうな顔をしている。

「それはすぐに取り戻さないと」

伊勢が表情を引き締めた。隆一の胸に不吉な予感がよぎる。アサミが自分のではないバッグに高価なネックレスが入っていると気づいたら、ネコババしたくなったとしても不思議ではない。

「もう一度店から電話して、お忘れ物ですって留守電に入れておくわね」

「すみません、お願いします」

京子は室田に会釈をした。

「陽介、アサミさんと連絡取る方法、ほかにはないのか？　仕事とか住まいとか、会話を思い出してくれ」

正輝に問われ、懸命に思い出そうとする陽介。

「アサミさんもマキさんも、この近くの女子大に通ってて、食べ歩きと飲み歩きが大好きで、ディナーの後はこの周辺の店に遊びに行くって……」

「どこにですか？」「どこにだ？」

隆一と正輝が追及する。

「それは訊《き》かなかったです」

きっぱりと陽介が言った。ふー、と誰もがため息を漏らす。

「もしかして自分、責められちゃってます？」

陽介が拗《す》ねたような目をしたので、「責めてないです！」と隆一が即答する。正輝もメガネを押さえ、「プライベートにはなるべく立ち入らない。それがギャルソンだからな」とフォローを入れた。

「あの、私、思い出したことがあって」

岬がおずおずと発言した。「陽介さんが席を離れてたあいだに、その子たちの会話が耳に入ってきたんです。断片的だけど、動物園が楽しみ、みたいなことをしゃべってた気がして……」

「動物園？」と京子が首を傾げる。

「そう。ライオンとか狼とか、カンガルーとかが楽しみだって、言ってたんですよ。まさか、この辺にこんな時間までやってる動物園、あったりしませんよね？」

誰もが首を横に振る中、室田が声を上げた。

「それはカクテルの名前かもしれないね」

室田いわく、ライオンとは〝レッド・ライオン〟という名のドライジンベースのカクテル、狼は〝ブラッシング・ウルフ〟というウォッカとグレープフルーツジュースのカクテルではないか、とのこと。

「〝カンガルー〟は、〝ウォッカ・マティーニ〟の別名。アルコール度数が高くてキックが強いから、カンガルーって名前があるらしいわ。でも、だとしたらアサミさんたち、相当なカクテル通だと思う。ウォッカ・マティーニをカンガルーって呼ぶ人って、日本ではあまりいないから」

「あ！　アサミさん、渋谷のバーでバイトしてるって言ってました」

陽介の声が響いた。「だからカクテルに詳しいのかも」

「じゃあ、二人が行ったのは、〝三軒茶屋界隈《かいわい》のいろんなカクテルが飲める店〟の可能性が高い、ってことですね」

隆一が話を整理する。

「カクテルの種類が豊富なバーかもですね。自分、何軒か思い当たる店があるんで見てきます。バー同士は繋《つな》がりがあるから、アサミさんらしき人が来てないか、ほかの店にも連絡してもらいます」

陽介がロッカールームに向かい、ダウンジャケットを羽織ってきた。

「このバッグ、一応持っていきますね。アサミさんがいたら交換してきます」

「お願いします」

京子は両手を合わせ、クラッチバッグを手にした陽介を見送った。

「伊勢さん、七面鳥を用意してくれてたのにごめんなさい。皆さんにも岬にも迷惑かけちゃって……」

食事どころではなくなった京子が、申し訳なさそうに目を伏せる。

「気にしないで。バッグが見つかったらまた用意するから」

伊勢が柔和な表情で言う。

「先輩、バッグに入れてたのって、どんなネックレスなんですか？　私、見たことないですよね、それ。最近買ったものなんですか？」

岬が問いかけると、「……ううん、もらいもの」と、なぜか言い辛《づら》そうに京子が答えた。

「誰にもらったの？」

つい流れで訊いてしまった隆一だが、京子にギロリと睨《にら》まれた。余計なことを、と言われたような気がする。

「もしかして、呉服屋の御曹司……とか？」

岬の言葉に、「ごめん、実は、何回か二人で会ったの」と京子が打ち明ける。

「……やっぱりね。そんな気がしてたんですよ。食事会で意気投合してたから。先輩ってば、私に気なんて遣わなくていいですから」

岬の大人な対応に、京子はホッとした表情をした。

つまり、合コンをしても男性との縁がない岬に、自分が上手《うま》くいっていることを正直に告げられなかったのだろう。

「まだ付き合ってるわけじゃないんだけどね。クリスマスプレゼントだって言われて」

若干、言い訳がましい感じがしなくもない。

「これ、もしかして……」

ふいに正輝が声を発した。雑誌を開いている。

『三軒茶屋・三宿ナイトスポット』。岬が京子と食事中に見たという、飲食店・娯楽施設を特集したムック本だ。

「カクテルバーが載ってないか見ていたら、こんな店がありまして」

全員で開かれたページを覗《のぞ》き込む。

三宿のバーが紹介されており、「オススメは〝カンガルー〟」とのコメントと共に、オリーブの実が入ったカクテルの写真が掲載されている。

「ウォッカ・マティーニだわ。この店ではカンガルーって呼ぶのね」と室田が言い、すかさず正輝がスマホを取り出した。

「……もしもし？　陽介、アサミさんたちが行ったかもしれない店があるんだ。三宿なんだけど、見てきてくれないか？」

可能性がぐっと高まり、場の雰囲気が明るくなった。

「ありましたー！」

クラッチバッグを掲げて陽介が戻ってきた。ぜいぜいと肩で息をしている。三宿から全力で走って来たようだ。おお、と店内に拍手が湧く。

「ありがとう！　本当にありがとう！」

今にも感涙しそうな京子が、その場でバッグの中身を確認し、「よかったー、ネックレスも無事だったよ」と大きく息を吐いた。京子と岬は、室田が気を紛らわせるために振る舞った赤ワインを飲みながら、陽介を待っていた。

「いやー、正輝さんの情報がビンゴでした。アサミさん、カンガルー飲んでましたよ。バッグの取り違えには全然気づいてなくて、驚いてました」

陽介は額の汗を拭《ぬぐ》っている。

「陽介さん、本当にすみませんでした。姉さん、皆さんにちゃんとお礼しなきゃダメだよ」

「そうだね。営業時間オーバーさせちゃいそう。とりあえず、皆さんの帰りのタクシー代、出させてくださいね。あ、岬のも出すから」

財布を取り出した京子に、誰もが「いいですよ」と口を揃える。

「京子さん、スタッフはアタシの車で送ってくから大丈夫よ。優也もまだ仕込みがあるから、しばらく帰らないし。ねえ？」

自家用車で通勤している室田の言葉に、伊勢が「ああ」と頷《うなず》き、「無事に戻ってきてよかったね。大事な人からのプレゼント」と京子に話しかけた。

「まだ彼氏じゃないんだけどね」

京子は曖昧《あいまい》な笑みを浮かべる。すると、岬が朗らかに言った。

「でも、相手にとっては本気のプレゼントなんじゃないですか？　ひと粒ダイヤのネックレスなんて、ただの知り合いに贈ったりしないと思いますよ」

「え？」

隆一は声を出してしまった。岬の発言に違和感を覚えたからだ。

「どうしたの？」

何も気づいていないような京子を前に、「あ……いや、ダイヤモンドってそんなに特別な宝石なのかなって」と誤魔化す。

「隆一、はっきり言ってもいいんじゃないか？」

伊勢が強い声を出した。隆一を真っすぐ見ている。隆一が何を誤魔化したのか、理解しているのだろう。

どうしようか迷う気持ちもあったが、勘違いである可能性もなくはないので、確かめてみることにした。

「岬さん、今、ひと粒ダイヤって言いましたよね。姉さん、ダイヤのネックレスとしか言ってなかった気がするんですけど……」

「あ……」「え……？」

岬と京子がほぼ同時に声を出した。

「そうだよ、わたし、ダイヤとしか言ってない。ネックレス、まだ岬に見せてないよね。ひと粒ダイヤだって、なんで知ってるの？」

「いや……なんとなく、そう思っただけで……」

「わたしのあとにトイレに入ったの、岬だよね。もしかして、このバッグの中を覗いた、とか？」

岬は下を向き、黙りこくってしまった。そのリアクションは、「覗いた」と言っているのと同じである。

店内に緊迫感が立ち込めた。全員の視線が岬に向けられている。

「なんで？　なんでバッグがトイレにあったこと、教えてくれなかったの？」

冷静さを保ちながら、京子が訊《き》いた。岬は顔を上げようとしない。

「……こんなこと言いたくないけど、まさか何かを盗んだ、なんてことないよね？　さっき見たけど、無くなってるものはなかったし……」

眉根《まゆね》を寄せた京子に、伊勢が「これは一般論だけど」と前置きしてから告げた。

「人が欲しがるのは物だけとは限らない。たとえば、情報がそうだよね。自分にはないアイデアとか、目的のために必要な知識とか。あと……」

そこで言葉を切り、再び続ける。「コンタクトしたい相手の連絡先、とかね」

「あ、もしかして名刺？　呉服屋の……？」

隆一はそう言いながら、思い出していた。京子たちの食事中の会話を。

京子が連絡先を交換した呉服屋の御曹司と、二人だけで会う気配はない、と嘘をついたとき、岬はこう言ったのだ。

(高峰さんでしたっけ。結構いい男でしたよね)

それは、苗字《みょうじ》がすぐ出てきたほど記憶に残った相手だった、ということではないか？　しかも、伊勢と京子が名刺交換をした直後、岬は（御曹司の名刺も、そこに入ってそうですね）と確認をしていた……。

「岬、そうなの？　バッグを覗いた目的、高峰さんの名刺なの？」

相変わらず何も答えない岬の前で、京子はクラッチバッグを開け、名刺入れを取り出して中を検《あらた》めた。

「……ある。岬が取ったんじゃないよ。疑ってごめんね」

無理やり笑みを張り付ける京子。岬はうつむいたままだ。

「なんで黙ってるの？　まさか、名刺の写真撮ってデータ化したとか？　……そんなこと、岬はしないよね？」

と京子が話しかけた途端、岬が顔を上げた。

「そんなこと？　そんな浅ましいこと、とでも言いたいんですか？」

目が据わっている。「岬はそんなことしない？　はあ？　私の何を知ってんの？」

「岬……」

茫然《ぼうぜん》とする京子を睨《にら》みながら、岬がグラスに残っていたワインを飲み干した。

「撮りましたよ、名刺の写真。ケータイで。だって先輩、ボンボンと付き合うのは大変、名刺アプリにも入れないって、言ったじゃないですか。私だって高峰さんと、名刺交換したかったんですよ。まあ、先輩には私の気持ちなんて、分かんないでしょうけど」

「なにそれ、開き直る気？　人に迷惑かけといてっ」

京子が大声を出す。

「迷惑なのはこっちも同じなんですよ！」

岬は水が半分入ったグラスを手に取り、ひと口飲んでから一気にまくし立てた。

「CAの仕事に就けて、男にもモテて、ブランド品を見せびらかして。家族とぬくぬく暮らしてるお気楽女のくせに、岬は考えすぎだよ、とか上から目線で。支払いはわたしがするとか、いつまでも先輩ぶって。本当は高峰さんとうまくいってんのに嘘ついてさ」

急に立ち上がった岬が、「むかつくんですよっ」と叫んで京子の顔に水をかけた。

「なにすんのよ！」

京子も叫んで立ち上がる。顔から滴った水が、ツーピースに染みを作っている。

「おしぼり！」

正輝の声で陽介が走った。速攻で両手におしぼりを抱えてくる。京子と岬は睨み合っている。隆一がおしぼりを京子に渡すと、「最悪、見損なったよ」と吐き捨てて顔と服を拭《ふ》いた。

「どーぞ見損なってくださいませ。白鳥の京子さま。どーせ私は醜いアヒルの子」

呂律《ろれつ》が怪しい。どれほど飲んだのだろうか。

「その曇った目、覚まさせてあげる」

京子が自分の前にあった水のグラスを取り上げた。岬が目を閉じて顔をそむける。

隆一と陽介が、おしぼりを手にスタンバイする。

しかし、京子はグラスをテーブルに戻し、椅子に坐《すわ》り直してしまった。

「……アホくさ。酔った女同士の修羅場なんて、あるあるすぎて引くわ」

「あら、やり合うなら徹底的にやればいいのに。うちは構わないわよ」

室田に言われ、「ご迷惑をかけてすみません。岬、酔ってるんで」と京子が謝罪した。

しばらく沈黙していた岬が、苦し気に顔を歪《ゆが》めていく。

「……どうせ私なんて、男に縁のない可哀そうな後輩ですよ。先輩みたいにCAにもなれなかったし、メールした相手にも無視されるし、休みを一緒に過ごす彼氏も作れない、ぼっちな寂しい女ですよ。でもさ、先輩に同情で嘘つかれて、何も感じないほど鈍くないからね。まだ付き合ってない？　クリスマスプレゼントだからもらった？なにそれ自慢？　あー、いいよね、生まれつき恵まれてる人は。私、そんな人に同情されたくないから」

「岬さん、それは違います！」

堪《こら》えきれずに隆一が叫んだ。

違うのだ。確かに、京子は恵まれているかもしれない。でも、ずっと男性に不自由せず、挫折《ざせつ》などせず、一度も傷つかずにこれまで過ごしてきたわけでは、断じてない。

「姉さんはね、姉さんだって……」

「隆くん！」

京子が遮った。「いいよ、もういい。わたし、先に帰るわ」と財布から万札を数枚取り出し、テーブルの上に置く。「皆さん、本当にすみませんでした」

そのまま早足で店を出ていってしまった。

静まり返った店内。岬は椅子に座り、うつむいたままでいる。スタッフの誰もが声をかけられずに、彼女を見守っていた。

やがて、岬が鼻をすすり出した。膝《ひざ》にポッンと涙が落ちる。

「ううう……」

堪えようと食いしばるが、涙は止まらない。

おしぼりで目元を押さえながら、岬が振り絞るように言った。

「なんで私は、誰からも選ばれないの？　いつまで頑張ればいいのよぉぉ……」

泣き続けている岬は、いつもの大人びた女性ではなかった。

とても弱くて、脆《もろ》くて、傷つきやすい、等身大の二十六歳。

欲しいものがあるのに、どうしたら手に入るのか分からず、行き場のない悲しみを
こういった形で発散するしかない。そんな岬の気持ちは、よく分かる。

自分もオーディションで選ばれない隆一には、苦しいほどに。

「選ばれなかったんじゃ、ないかもしれませんよ」

声をかけたのは、陽介だった。「ちょっと個人的な話、させてもらいますね」

真摯《しんし》な面持ち。いつもの朗らかな陽介とは、別人のように見える。

「自分はプロのサッカー選手を目指してたんです。小学校の頃からサッカーがメインの生活をしてて、地元の選抜に選ばれたりして。それで、高校の時にプロテストに挑戦したんです。何度も。だけど、どこも選んでくれなかった。諦《あきら》めて就職しました。プロじゃなくてもサッカーはできるって、自分に言い聞かせて。……でもね」

誰とも視線を合わせずに、陽介は語り続ける。

「高校のチームで一緒だった仲間が、海外のプロチームに入ったんです。高校時代は自分がフォワードで彼はミッドフィルダー。名コンビとか言われたりしてたんですよ。だから、初めは素直によろこべなかった。なんでアイツだけがって、逆恨みする気持ちもあって、そんな自分が情けなかった。仕事も続かなくて、何度も転職して、やけ酒ばっか飲んでました。それで、ヤバそうなやつらと喧嘩《けんか》して、三茶の路上で倒れてた自分を介抱してくれたのが、伊勢さんだったんです」

伊勢が右目の上を指でかいた。自分の名が出たことに、照れているのかもしれない。

「そのとき、プロに選ばれなかったって嘆いた自分に、伊勢さんがこう言ったんです。『選ばれなかったんじゃなくて、キミがそれを選ばなかったのかもしれない。自分が意識していない、心の奥深くで。本当は、選ばれてしまうのが怖かったから。それをやり遂げる自信がなかったから』って。あ、そうかもしれない。どうせ無理、やれるわけないって、心の隅っこで考えてた気がする。そう思ったら楽になれたんですよね。

なーんだ、自分でプロにならない道を選んでたのか、って」

今、とても大事な話を聞いた気がした。自分自身にも当てはまる話だ。

しかし隆一は、どこがそんなに大事なのか、明確に分析することが出来なかった。

独りになった時に考えることにして、陽介の話に耳を傾ける。

「それから、この店で働きたいって伊勢さんにお願いしたんです。今はギャルソンをやってるのが楽しいんですよね。プロになった仲間と会える日が来たら、胸を張って言おうと思ってます。これがガチで自分が選んだ仕事だって」

陽介は、ポケットからカレッジリングのような指輪を取り出した。きっと、その仲間からもらったものなのだろう。誇らしげに右中指にはめて、いつもの投げキスのような決めポーズを取る。

そうか。陽介さんを救ったのは、伊勢さんだったんだ。

隆一は、軽さをまとった陽介の芯《しん》の強さと、伊勢の懐の深さを知った気がした。

「岬さんも、これから選んでいけばいいんじゃないですか。自分が本気、出せるものを」

そう言った直後、「うっわ、オレらしくないー。気恥ずかしー」と陽介が身悶《みもだ》えをした。

「陽介、完全に素に戻ってるぞ」

「ウィ。失礼しましたー」

正輝に指摘され、急いで指輪を外してポケットに戻す。その様子を見て、岬の表情が少しだけ和らぐ。流れていた涙は、すでに消えていた。

「ありがとうございます。……ご迷惑をかけっぱなしで、本当に申し訳ないです。私、取り返しのつかないことしちゃいました。もう、先輩とは会えないかもしれないけど、感謝してるって伝えてください。妹みたいに可愛がってくれて、いつもうれしかったって」

しんみりと言った岬に、隆一が声をかけた。

「大丈夫ですよ。うちの姉さん、ひと晩経ったらケロッとしちゃう人だから。また二人で食べに来てください」

……誰もリアクションをしない。言葉だけが空しく散っていく。

我ながら陳腐な慰めだな、と隆一が自分にダメ出しをした瞬間、「隆一」と伊勢が鋭い目線を向けてきた。

「はい？」

「京子さんに電話して。今すぐ戻って来てほしい。メインの七面鳥、まだ食べてもらってないから。俺がそう言ってるって」

「……はい！」

伊勢さん、さすがです！　と大声を出したい気持ちを抑え、スマホを取り出して京子の番号をタップした。背後で岬が伊勢に礼を述べている。

コール音が三回鳴ったところで電話を受けたのだが、もしもし、と隆一が呼びかけても京子は何も答えない。背後で「カラオケいかがっすか」と声がし、通話が切れた。再度かけ直したが、留守番電話になってしまった。とりあえず、伊勢からの伝言を残してスマホをオフにした。

「カラオケの呼び込みの声がしました。まだ三茶にいますね、きっと。一人カラオケするつもりかも。よくやってるみたいだから」

「あ、それなら先輩とよく行くカラオケ店がある。ここのすぐ近くに。先輩のお気に入りなの」

よーし、と陽介が右肩を回す。

「またひとっ走りしてくるかあ」

「いや、お疲れの陽介さんにそんなこと頼めません。僕が行ってきます」

隆一は岬からカラオケ店の場所を聞き、コートを羽織って店を出た。

エレベーターで一階に降り、ビルを飛び出そうとしたら、背後から「隆くん」と呼び止められた。

京子が息を切らせて立っている。片足を少し上げて。

「……ヒール、折れちゃった」

走ってきたからだろう。細いヒールが根元からぶら下がっている。そのヒールをむしり取りながら、「留守電聞いた。伊勢さんに言われたら、戻らないわけにはいかないよね」とほほ笑む。「七面鳥、食べたいしさ」

「岬さん、泣きながら反省してた。上で待ってるから行こう」

それだけ告げて、足を引きずる京子と店に戻った。

片付けられたテーブル席に、岬がポツンと座っている。緊張からなのか疲れからなのか、顔が青ざめて見える。

スタッフの姿はない。店内には香ばしい料理の香りが漂っている。厨房《ちゅうぼう》で七面鳥の準備をしているのだろう。

隆一は京子の腕を取り、岬の前に座らせた。

「……先輩、すみませんでした」

「うん……」

そこで会話が止まった。気まずい空気が流れる。お互いに、次に口にすべき言葉を探しているようだ。

この状況で、第三者の自分は何を言えばいいのだろう？

隆一が戸惑っていると、厨房のスイングドアが開いた。

正輝と陽介が銀色の蓋《ふた》をのせた皿をワゴンで運んでくる。その後ろから、ワインボトルと新しいグラスを持った室田、そして、黒いコックコート姿の伊勢がやって来た。

「お待たせしました。本日のメイン料理、〝ダンドォーマロン〟。七面鳥の栗詰めです」

伊勢の声で陽介が銀色の蓋を開ける。

こんがりと焼き色のついた七面鳥の丸焼きが、大皿の上に盛られている。周囲を飾った葉野菜と極小トマトは、柊《ひいらぎ》の葉と実に見立ててある。

そのゴージャスなビジュアルは、隆一が想像する〝クリスマスのご馳走《ちそう》〟のイメージそのものだった。

京子と岬は、魅入られたように料理から目を離さない。

「では、私がサーブさせていただきます」

正輝がサーブ用の大きなナイフとフォークで、手早く七面鳥をさばいていく。その間に、陽介が銀製のカトラリーを並べ、室田がクリスタルのワイングラスを置く。

「フランス産の七面鳥。栗蜜《みつ》とハーブでマリネにしてあります」

伊勢が料理の説明を始めた。本来なら隆一がするべきことなのだが、黙って拝聴する。

「そこに、茹《ゆ》でて素揚げした栗、フォアグラ、白トリュフやスパイスで作った詰め物を入れて、オーブンで焼き上げました。ソースは、肉汁をブイヨンで煮詰めたグレービーソース。七面鳥といえば、甘いクランベリーソースが有名ですね。アメリカの感謝祭では定番の組み合わせです。クランベリーのようなフルーツ系のソースも合いますが、今回はシンプルにグレービーソースをご用意しました」

流ちょうな解説が、耳に心地よく入ってくる。

「このお料理には、濃厚で甘めの白が合うと思って、アルザスの白ワインをセレクトしたの。飲んでみてくださいな」

室田がビンテージワインのボトルをグラスに傾けた。見るからに熟成度の高そうな、褐色がかった白ワインが注がれる。

正輝が七面鳥をさばき終えた。二人分の肉と詰め物を、二つの皿にバランス良く盛り付ける。陽介が銀色の器に入ったソースをトロリとかけ、盛り付けが完了。正輝はその皿を、京子と岬の前にそっと置いた。

「どうぞ、お召し上がりください」

最後の締めコメントも、伊勢だった。

隆一は、息の合ったプロたちの仕事に、ひたすら圧倒された。京子たちもそうなのだろう。身じろぎもせずに目の前の皿を見つめている。

ふと、言うべきセリフが浮かんできた。

「姉さん、岬さん。焼き栗の香りがするんじゃない？　ほら、二人でパリに行ったんでしょ。一緒に食べた屋台の焼き栗。思い出の香りなんだよね？」

「焼き栗……」と京子が小声を出し、微笑を浮かべてカトラリーを手に取った。

「そうそう。そうだよ。ね、岬？」

岬もカトラリーを構えた。料理にナイフを入れる。

「思い出しますね。焼き栗食べながらウィンドウショッピングして」

「大学生の貧乏旅行だったからね」

「ベルサイユ宮殿の観光ツアーで、私たちだけ迷子になっちゃって」

「フランス人に道訊《き》いたら、ぜんぜん違うとこ連れてかれたんだよね」

「そうでしたね」

二人が七面鳥を口に入れた。

じっくりと時間をかけて味わい、お互いに笑みを漏らす。

本当に美味《おい》しいと感じたとき、人は無意識に笑ってしまうのだ。

「……もう、美味しいとしか言えない」

「確かに。七面鳥ってこんなにジューシーなんですね。パサパサなのも食べたことあるけど、同じ鳥とは思えないです」

「フォアグラのコクと栗の甘みが、より美味しくさせてるのかもね」

同時にカトラリーを皿に置き、白ワインを飲む。

京子が陶酔したような表情をし、ため息交じりで言った。

「ああ……これがマリアージュってやつか」

「ですね。料理もすごいけど、ワインもすごい。すっごい幸福感」

それぞれが、最上級の料理とワインがもたらす快楽に身を委《ゆだ》ねている。

青ざめていた岬の頰は、いつの間にか薄《う》っすらと紅色に染まっていた。

「……そうだ先輩、アルザスのワインセラー巡りもしたじゃないですか」

「うん。余りにも飲み過ぎて、わたしが倒れた事件でしょ」

「そう。あれは伝説ですよ。武勇伝」

「楽しかったね。あの旅行は忘れられない」

「私も。辛《つら》いことがあると、あの時の写真を見たりするんです」

「あー、分かるよ」

「あの頃は、まだ両親も元気で、私にも夢が一杯あって。いつまでも楽しい時間が続いていくような気がしてて」

「……うん」

「私と先輩の動かない笑顔が、今の私を助けてくれるんですよ……」

岬の瞳《ひとみ》から、すーっと雫《しずく》がこぼれた。

黙って頷《うなず》いた京子も、涙ぐんでいる。

「……やだ、料理の塩っ気が増しちゃったよ」

「でも、これはこれで美味しいです」

二人はナプキンで涙を拭《ぬぐ》いながら、七面鳥を食べ続ける。

しばらくの間、カトラリーを動かす音だけが、その場を支配した。

「あのね岬、わたしがブランド品を持つようになったのって、コンプレックスからなんだ」

二つの皿が空になりかけた頃、京子が独白を始めた。

岬がハッとした顔で京子を見る。

「高校までのわたしって、いわゆる漫画オタで。美容にもファッションにも、まったく気を遣わなかったんだよね。陰で〝ダサ子〟って呼ばれてたくらい、酷《ひど》かった。ね、隆くん？」

「まあ、そうだね。僕だってダサめだけど、姉さんはもっと強烈だった。だって、僕の服でも人前でヘーキで着ちゃうんだから。意味不明なロゴ入りTシャツとか。いつも瓶底メガネかけてたし、冬はいつもドテラ姿だったし」

「そうなの。ドテラが好きだったんだよね、あったかくて」

ついつい、二人で思い出し笑いをする。

「それでもね、大学入ってすぐの頃、初めて彼氏ができたの。二つ上の先輩。呆気《あっけ》なく振られちゃったけどね。彼に新しい彼女ができたんだ。しかも、相手はわたしの友だち、だと思ってた子。まあ、略奪されちゃったようなもんだね。彼女は見た目も可愛くて、女子力がすごい高くて、ブランド品が好きで」

覚えている。

「彼氏ができた！」と無邪気によろこび、着る服に気を配るようになって。

「裏切られちゃったよ」と酷く落ち込んで、部屋で何日も泣き続けて。

そんなにわたしってダサいのかな？　このままじゃダメなのかな？

隆一は何度も問われ、そのたびに「僕はそのままの姉さんでいいと思う」と、弟に言われても響かなそうなセリフで慰めて。

震える肩に手を置きたいけど、置くとそのまま京子の身体が崩れていってしまいそうで、そこに立ち尽くすしかなかったこと。

全部、昨日の出来事のように覚えている。

「彼に別れを切り出されたとき、言われたんだ。『お前もブランド品くらい持てば』

って。なんか悔しくてさ。その元彼と、彼が選んだブランド好きの彼女を、見返してやろうって思った。それから、美容やブランド品に興味を持つようになったの。で、エスカレートしてっちゃったんだよね。手っ取り早く外側から変われば、中身も変われる気がして」

いわゆる大学デビューを果たした京子は、どんどん派手になり、コンパだ合コンだと出歩くことが増えた。漫画を描くこともやめてしまった。その変化がうれしくもあり、少し寂しくもあった。

瓶底メガネでドテラを愛用していた頃の京子が、隆一は大好きだったから。

「要するにさ、見栄《みえ》っ張りなだけなんだよ、わたしって」

そう言い切って、京子は清々《すがすが》しい顔をした。

「……先輩のそんな話、初めて聞きました」

岬がそっとつぶやいた。

「そういえば、この七面鳥の栗詰めも、見栄っ張りの料理だったらしいよ」

テーブルから離れずにいた伊勢が、ゆったりと口を開いた。

「フランスがまだ貧しかった時代。せめてクリスマスくらいは豪華に見せたくて、肉がパサつくけど大きいというだけで選ばれたのが七面鳥。栗を詰めたのは、かさ増ししてお腹を一杯にさせるため。そんな説があるんだ」

意外だった。隆一にとっての七面鳥は、〝クリスマスを象徴する憧《あこが》れの高級食材〟でしかなかったから。

「だけど、月日を経て、七面鳥の栗詰めは本当に美味しい料理になっていったんだと思う。下ごしらえや焼き方、中に詰める食材。調理者の知恵と努力で、料理はいくらでも進化するし、魅力的なものになる。……それは、人間だって同じかもしれないけどね」

「……進化、したいです。私も。本気になれるもの、見つけたい」

岬が静かにささやく。

「そう思った岬さんは、すでに進化してるんじゃないですか」

伊勢が目元を緩める。

岬はこっくりと頷き、「先輩、酷いことしちゃって本当にすみません。暴言も吐いちゃって」と京子に改めて謝罪した。

「きっと私、先輩に嫉妬《しっと》してたんです。だから、高峰さんをなんとかしたいって、思っちゃったんでしょうね。恋愛感情なんかじゃなくて、先輩への無駄な対抗意識、みたいな。それでバッグの中を見ちゃって、名刺の写真撮って。それが後ろめたかったから、ずっと黙ってて……」

うつむいた岬に、京子がやんわりと話しかける。

「わたしだって悪かったんだよ。高峰さんと二人で会ってたのに、嘘ついたのは事実なんだから。……岬の言った通り、同情してたような気がする。いつも奢《おご》ってたのも、下に見てたからだよね。ごめんね。先輩ぶっててごめん。だから……」

京子が白い歯を覗《のぞ》かせた。

「これからは、割り勘だからね」

「もちろんです」

岬はいろんなものが吹っ切れたような顔つきをしている。

二人は、残っていた料理を同じタイミングで食べ終え、「ご馳走様《ちそうさま》でした」と満ち足りた表情をした。

涙と共に食べた七面鳥の栗詰め。

この夜の思い出も、またいつか降りかかる感情の嵐の中で、京子と岬を助けてくれるのかもしれない。

「……岬、また一緒に旅行しようよ」

「行きましょう」

二人はワイングラスを手に取り、グラスのふちを合わせて美しい音を響かせた。

一緒にカラオケに行くという京子と岬を送り出し、閉店準備に取り掛かる。

隆一はテーブルを片付けたあと、バーカウンターの洗い場でワイングラスを洗った。隣に立つ室田は、半分ほどワインが入ったボトルを手にしている。

「室田さん、今夜はありがとうございました」

「長い夜だったわねえ。いろいろ楽しかったけど、ちょっと一杯やりたい気分」

「そういえば、室田さんがここでワイン飲んでるの、見たことないです。いつも車だからですか？」

「それもあるけど、アタシ今、ドクターストップ中なのよ」

「え？」と驚く隆一に、室田は「職業病かもね」と笑い、「それでもワインが好きなのよね。ワインは単なるアルコールの嗜好品《しこう》じゃなくて、産地や年度で味が変わる、繊細な芸術品だから」と言い切り、専用器具を使ってボトルから空気を抜いた。真空にすることで酸化を防止するのだという。

室田の目つきも手つきも、プロそのものだ。先ほど京子たちに七面鳥をサーブした伊勢、正輝、陽介からも、サービスのプロ、という気迫を感じ取った。

自分も早く役者として、プロと呼ばれるようになりたい。そうだ。うちに帰ったら、読みかけだった演技論を読破しよう。

……あれ？　そういえばなんで、いつまでも読まずにいたんだろう。読んで勉強したかったから、芝居が好きだったから、買ったはずなのに。

(選ばれなかったんじゃなくて、キミがそれを選ばなかったのかもしれない。自分が意識していない、心の奥深くで)

陽介の言葉が、黒い影となって胸をかすめた。

選ばれない現実を自分が選んでいるのなら、僕が役者のオーディションに受からないのも同じ理由なのか？　たとえば、本当は芝居が好きなんじゃなくて……。

芝居仲間と一緒にいるのが、楽しかっただけ。

役者という仕事をしているのが、かっこいいと思っているだけ。

誰かに注目されていることが、気持ちいいだけ。

——本当の、本当の、本当は。

生き馬の目を抜く役者の世界で、長く活動できる自信がない。

プロとして舞台に立ち続けることの責任が、自分には背負いきれない。

そもそも、プロの役者になるなんて無理。なれるわけがない。

才能がないんだから。

心の深いところで、そう思っていたとしたら……？

いや、そんな風に考えちゃだめだ。まだ諦《あきら》めたくない。諦めたらそこで終わりだ。考えてみたら、これが自分の最高の芝居だって、まだ思えたことがない。だから、もっと気合を入れて頑張らなければ。なんとしてでも、オーディションに受からないと……。

「どうした、悩ましい顔して」

隣に伊勢が立っていた。ニットとジーンズに着替え、結わえていた髪をほどくと、コックコート姿の時より遥《はる》かに若く感じる。

「いや、陽介さんが伊勢さんに言われたってこと、思い出してたんです。僕がオーディションに落ちまくってるのも、選ばれるのが本当は怖いからなのかな？　なんて考えちゃって」

伊勢は穏やかな口調で、「その答えが出せるのは、自分だけだから」と言った。

「考えて悩んで、そんな自分を受け入れて、本当に好きなことを集中してやる。そうすれば、いつか望むものが手に入るんじゃないかって、俺は思ってる」

好きなことに集中、か。僕の好きなことは、演じること。楽しませること。

いつか望みが叶《かな》う日まで、それを追求していくしかないんだよな。

隆一はマイナスに傾いた思考を、プラスへ戻そうとした。前向きな気持ちになるために、望みを叶えた人の話を聞いておきたい。

「ここは、伊勢さんの望んだ理想の店なんですよね？」

「ああ。自分が出したい料理じゃなくて、相手が食べたい料理を出す。そんな店にしたかったんだ」

「すごいよなー、夢を叶えたわけですもんね」

「……一応、な」

そう答えた伊勢が、物憂げに目を伏せた。

だから、隆一はそれ以上、会話を続けることができなかった。

本当は、どうやってここまでやってきたんですか？　店名は三軒茶屋から取ったんですか？　そういえば、キッシュが作れないって聞いたんですけど、どうしてなんですか？　とか、訊《き》きたいことはたくさんあったのに。

「諦めるなよ。応援してるから」

伊勢は隆一の肩をポンと叩《たた》き、皆と挨拶《あいさつ》を交わして先に帰っていった。

フード付きコートを羽織った背中が、なぜかとても寂し気に見えた。

「隆一、お疲れ」

背後から正輝の声がした。

「お疲れさまです。今夜はありがとうございました」

「正輝さんのナイフさばき、すごくなかった？」

正輝の後ろにいた陽介が、満開の笑みを見せる。

「かっこ良くてびっくりしました。あんな本格的なサーブ、初めて見たんで」

「パーティーでもない限り、丸焼きなんて出さないからな。今夜は特別だ」

そう。今夜のダンドォーマロンは特別。本当は厨房《ちゅうぼう》で伊勢が七面鳥をさばき、皿に盛り付けて提供するはずだったのだが、わざわざテーブルでサーブする演出をしてくれたのだ。スペシャルなもてなしで、京子と岬の仲を取り持つために。

「オレも練習中なんだけど、正輝さんほどうまくできないんだよね。だから、まだやらせてもらったことなくて」

陽介がナイフとフォークを動かす振りをする。正輝はメガネを中指で押さえ、「練習時間の長さが違いすぎる。継続は力なり、だ」と断言した。

「なるほどー。岩の上にも三年、ですね」

「……そのことわざのどこが間違っているのか、自分で調べろ」

あきれ顔をした正輝が、早足でロッカールームに向かっていく。

「あれ？　石の上でしたっけ？　正輝さん、冷たいじゃないですかー」

陽介は口を尖《とが》らせて、正輝のあとを追う。

継続は力なり。そうだよな。続けることが大事なんだ。前だけを見ていこう。

バルコニー席に歩み寄り、窓辺に立った隆一は、クリスマスのナチュラルメイクを施した街に目をやった。

ぼんやりと残ってしまった、自分は本当に芝居が好きなのか？　という疑問には、あえて意識を向けないようにして。

3

raclette ～ラクレット～

Mysterious Supper of
Bistro Sangen-tei

今度はいつ会おうか。雷、稲光、それとも雨が降る夜？

「なに言ってんの、隆一。変な声だしちゃって。コワイわー」

やんちゃな少年のように笑った陽介が、肩を抱いて震えてみせた。

「陽介、今のは『マクベス』に出てくる魔女のセリフだ。マクベスの悲劇を予感させる前振り的なセリフ。なあ、隆一」

「はい。次の演技レッスンで稽古《けいこ》するんです。僕、三人の魔女を一人でやることになって。……でも正輝さん、よく知ってますね」

「何度も芝居で観てるから」

「正輝さんって演劇に興味がある人だったんだ。意外ですねー」

「俺じゃなくて親がな。二人とも、シェイクスピアは称《たた》えるくせにジョージ・ルーカスを鼻で笑う、非常に了見の狭いタイプだ」

正輝が冷めた口調で言い、優雅な動作でメガネの位置を直す。

「ほー。ルーカスをディスるなんて、どんだけ天才なご両親なんですかね」

タタタ、ターター、タタタタータ……と、陽介が『スター・ウォーズ』のテーマ曲をハミングしながら、持っていたモップをリズミカルに動かす。

「あ、『マクベス』の魔女なら、あのセリフがいいよな」

美声の持ち主である正輝が、舞台役者のように腹から声を出した。

「綺麗《きれい》は汚い、汚いは綺麗」

陽介がピタリと動きを止め、「なんですか、それ？」と正輝を見る。

「スター・ウォーズ的に言うなら、『光は闇、闇は光』ってことだ」

「おお、ライトサイドとダークサイド。なるほど、深いですね」

感心する陽介を前に、隆一もなるほどな、と思う。相反する言葉なら、なんでも当てはまりそうだ。「イケてる、ダサい」「上手《うま》い、下手くそ」「喜び、悲しみ」。

それなら、王座のために身を亡ぼすマクベスの運命は、人の目から見たら陰惨な悲劇だけど、人ではない魔女から見たら面白い喜劇。そんな感じの解釈でいこうかな。

演技指導のベテラン講師は、セリフの解釈をいちいち訊いてくる。それが自分と合わないと長々と講釈を垂れるので、レッスン時間が潰《つぶ》れてしまう。最近、正式な演技の勉強というのは、面倒な部分もあるのだなと隆一は感じている。演劇ユニットにいた頃は、もっと自由に演じさせてもらっていたのに。

「よし。完ぺきだ」

テーブルでカトラリーを磨いていた正輝が、満足そうに言った。

「こっちは終了。陽介と隆一は？」

「もう少しで終わりまーす」「こっちも間もなくです」

床を拭《ふ》いていた陽介と、家具拭き担当の隆一が答える。

正月の三が日が明け、今年初の営業を終えた三軒亭は、二つのバルコニー席を含め、満席御礼状態だった。ペット可になって以来、バルコニー席は犬連れの客が占拠している。

ちなみに、指名されたギャルソンが席を離れられない場合は、他のテーブルの料理を室田が運ぶ。その昔、恵比寿《えびす》の星付きのフランス料理店で支配人をやっていたという室田は、何役もこなせるマルチプレイヤーだ。

同じ店でシェフの修業をした伊勢は、料理に全力を注ぐスペシャリスト。今夜もチワワのマルを連れてバルコニー席に座った雅に、乳製品抜きの特別なフルコースを出していた。しかも、マル用の肉料理まで用意するサービスぶり。とても犬が苦手な人だとは思えない。

「そーいえばさ、オレ、今夜のお客さんにタロットで占ってもらったんだ」

床を拭き終えた陽介が言った。隆一の脳裏に、陽介が担当していた男女の姿が浮かんでくる。短髪の男性は紺のスーツ、長髪の女性は白いワンピースで、テーブルの上にタロットカードが並んでいた。

「美月《みつき》さんっていって、用賀《ようが》でタロット占い師やってるんだって。でさ、言われちゃったんだ。オレ、いつか自分のレストランを経営するらしいよ」

陽介はニマニマしながら隆一を見ている。

「へえー。いいな、僕も占ってもらいたかったです」

椅子を拭きながら答えた。占いで未来が分かるのなら本当にありがたい。自分は二十五歳までにプロの舞台俳優になれるのか。それとも、間に合わずにどこかの会社に就職しているのか。それとも……。

あ、この店でずっとギャルソンをやっている、なんてのも悪くないぞ。

隆一はふと、そう思った。なぜなら、相も変わらず舞台関係のオーディションに落ち続けているが、以前ほど落ち込まなくなっていたからだ。それはひとえに、この店で働くことが楽しくなっているから、なのだろう。

「占いを信じるのか。まあ、占いによる自己暗示は効果があるからな。マクベスも三人の魔女に『いつか王になる』と暗示をかけられて、野望を抱いたわけだし」

正輝も再び会話に参加してきた。

「なんかやだなー。マクベスって悲劇なんですよね？　暗示にかかってレストランなんかやったら、悲惨なことになりそうじゃないですか」

「大丈夫だ。暗示は呪いにも救いにもなる」

陽介が「じゃ、やっちゃおうかな、レストラン」と浮かれたところで、厨房《ちゅうぼう》から髪をほどきながら出てきた伊勢が、レジカウンターの室田に話しかけた。

「もうすぐ三周年だから、何かイベントをやろうと思って。たとえばその日だけ会費制にして、ブッフェスタイルにするとか。どう思う？」

「んー、ちょっとありきたりかも。もっと個性的な企画があるといいんだけど」

格闘家のような風貌《ふうぼう》の室田が、温和な表情で答える。

「伊勢さん、室田さん。企画ありますよ！」

陽介がモップを持ったまま、すすっと伊勢たちの元に移動した。

「『アルプスの少女ハイジ』ってアニメに、すごいシーンがあったんですよ。ハイジたちがでっかいチーズを暖炉で溶かして、パンにかけて食べるんです。それがめっちゃウマそうで、いつかオレも食べてみたいってずっと思ってて。そしたら、日本でもそんな料理を出す店があるみたいで」

「ああ、ラクレット」と伊勢が言った。「スイスに隣接するフランス・サヴォア地方の伝統料理だ」

「あ、ラクレットって名前なんですね」

「陽介、ラクレットくらい知っておいた方がいいぞ」

正輝がメガネを光らせた。

「ラクレットはフランス語で〝削るもの〟って意味があるんだ。大きなチーズの固まりをグリルで温めて、溶けたところをナイフやヘラで削《そ》ぐ。それをバゲットや野菜に絡めて食べる料理だよ。都内に専門店もある」

「なるほどー」

モップを椅子に立てかけた陽介が、「それを三周年でやったらどうですかね？　ラクレット・ナイト。オレらがテーブルでチーズをかけるんですよ。そんなパフォーマンス、やってみたかったんですよねー」と、チーズらしきものを削って何かにかけるアクションをしてみせた。

「それ、いいですね！　僕もやってみたいです」

話を聞いているだけでラクレットが食べたくなった隆一は、すぐさま賛同した。

「それはいいアイデアかもしれない」

腕を組んだ伊勢に、「ですよね！」と陽介が迫る。

「でも、チーズを溶かす専用グリルが必要だ。安くはないからな……」

と、伊勢が室田をチラ見する。

「もちろん、買わないわよ。レンタルでやって」

室田の了解が出たので、三軒亭の三周年イベントとして〝ラクレット・ナイト〟を開催することになった。

「ただ、バゲットとかありきたりの具材じゃ面白味がない。うちのオリジナルを考えないとな」

伊勢の言葉に、またしても陽介が張り切った。

「オレにも考えさせてくださいよ。オリジナルのラクレット。イベントなんだから、みんなで盛り上げましょーよ」

「あのな、学園祭じゃないんだぞ」と制しながらも、正輝は「俺にもアイデアはあるけどな」と言い足す。

隆一も、どんな具材にチーズをかけたら美味《おい》しくなりそうか、フルスピードで考える。「納豆とオカカとか？　ハンペンと海苔《のり》なんかも合いそうだし……」

声に出してしまった。すると伊勢が、「分かった。みんなの考えた具材でやってみようか」と承諾した。「俺が考えるより、面白い案が出るかもしれない」

「マジですか！」

よろこぶ陽介が、「グリルでチーズを溶かすのかあ。楽しみだな」と、再びチーズを何かにかける動きをする。

「陽介たちがチーズをかけるなら、ちゃんと練習しなきゃだめよ。お客様の目の前でやるんだから」

室田の言葉に、確かにドジったら洒落《しゃれ》にならないぞ、と隆一も思う。

「伊勢さん、どうせ練習するなら、オリジナル・ラクレットの試食会をやりませんか？　コンペも兼ねて」

提案したのは正輝だ。

「試食会？　コンペ？」

意味が分からない隆一に、正輝が意図を語り始めた。

「お客さんを何人か呼んで、俺たちの考えた具材を審査してもらう。で、一番評価の高かったラクレットを、三周年イベントのメイン料理として出すんだよ。それなら俺たちの練習にもなるし、アイデアを持ち寄るモチベーションにもなる。誰かに試食してもらえば、練習で食材を余らせることもないからな」

「なるほど。オレたち三人でバトルするんですね。チーズバトル。燃えそうですねー。なあ、隆一？」

「はい！」

「だろ？　もしも評価が低い具材があったら、イベントでは出さなければいい。かなり理にかなった試食会だと思うんだ。どうですか伊勢さん？」

伊勢は「ああ。やってみるか」と応じ、正輝が満足気に口角を上げる。

「で、誰に試食してもらうんですか？」

陽介の質問に、正輝がニヤリと答えた。

「三人の魔女だよ」

三人の魔女。それは、マクベスの話ではなく、三軒亭の常連である女子三人組のことだ。なぜ、魔女の通称があるのか。それは、三人とも底なしの胃袋の持ち主で、自らが「あたしたち、大食いの魔女なの」と宣言しているからだ。

魔女・一。須崎高江《すざきたかえ》。二十六歳。都内の百貨店勤務。バレーボール選手かと見紛《みまが》うばかりの長身で、かなり痩《や》せているのに胃袋は底なし。

魔女・二。香取《かとり》アナ。二十五歳。都内の専業主婦。日本とブラジルのハーフで、生粋の日本育ち。中背のグラマラスな体格で、胃袋は底なし。

魔女・三。野方芙美子《のかたふみこ》。二十四歳。都内の美容室勤務。背丈は小さいのだが、ふくよかなポッチャリ体型で、胃袋は底なし。

「……高江さん、アナさん、芙美子さん。今日はよろしくお願いします」

正輝の挨拶《あいさつ》を受けて、魔女たちが口々に「よろしく」と拍手をした。

火曜日の昼下がり、営業前の三軒亭。これから、ギャルソンがアイデアを出したオリジナル・ラクレットの試食会が始まるのだ。

「ご招待、ありがとう。ウチ、朝ごはん抜いて来ちゃったわ」

茶のワイドパンツに緑のニットを合わせた長身の高江が、まだ平らな腹を撫《な》でた。ベレー帽に黒ぶちメガネ、化粧っ気がないので中性的な印象を受ける。念のため、と言ってグラスの水で胃腸薬を飲んでいる。

「あ、ワタシも。って言っても、寝坊したからなんだけどね」

夫が単身赴任中のアナ。日本語をしゃべっているのが不思議なほど、彫りが深くてエキゾチックな顔立ちをしている。今日は丈の長いデニムのジャンパースカートで、腹回りを締め付けないようにしているようだ。

「あたしは朝抜きなんて無理。先に食べてないと、むしろ入らなくない?」

アニメ声優のようなハイトーンボイスの芙美子。だぼっとした黒いレースのワンピース、首元にはグレーのリボン、頭の左右で丸く結った髪にもリボン。右手の中指と甲を覆うような、ごつい銀の指輪をつけている。

そんなゴシック風ファッションが好みだという芙美子は、ポテっとした腹に手を当てて、「あたしの胃袋ナメると、店、つぶれちゃうかもよ」と、大らかに笑っている。濃い目のファンデーションとくっきり描いたアイライン、バチバチの睫毛《まつげ》のせいで、どんな素顔なのか想像できない。

年齢も職業もタイプもバラバラな彼女たちは、二年ほど前に大食いチャレンジが出来るステーキハウスで出会ったそうだ。三人とも、三十分以内で五百グラムのステーキ三枚と大盛りライス三杯を食べきり、賞金をもらうという快挙を達成。以来、大食い仲間として頻繁に会っているらしい。

彼女たちが三軒亭に来る際は、指名ギャルソンをその都度変えるため、正輝と陽介にとっては馴染《なじ》みの存在だった。隆一も一度指名してもらい、驚異の食べっぷりにひたすら感嘆。魔女たちは伊勢のお任せで、アミューズ、四皿の前菜、三皿の魚料理、三皿の肉料理、さらに四皿のデザートと、計十五皿をそれぞれが平らげたのであった。

「今日はオリジナルのラクレット、たくさん用意してありますからね。自分たちの練習でもあるから、チーズかけるの下手っぴでも見逃してくれます?」

三人の前に取り皿を置きながら、陽介が言った。

「見逃してあげてもいいけど、ガンガン食べちゃうよ」

芙美子は牛乳を飲んでいる。胃を保護するためらしい。

「ブー子、気合入りまくりだ。ウチ、負けるかも」

「いや、大食い大会じゃないし。高江さん、ブー子と勝負しなくていいからね」

「アナちゃん。つい勝負したくなるのが、大食い魔女の悲しき宿命なのよ」

「ま、そうかもね。因果な身体に生まれちゃったねえ」

高江とアナは、深く頷《うなず》き合っている。

ブー子の愛称で呼ばれている芙美子が、「あたしさ、ちょっと痩せたんだよ、これでも。分かる？」と、向かい側に座る二人に訴えた。分かんない、変わんない、と速攻で否定され、「やっぱり。ちょっと体重が落ちたって、見た目に影響ないんだよね」と笑う。

「あのさブー子、食べ物、持ち込んじゃだめよ」

高江が芙美子を見た。目尻《めじり》が下がっている。

「持ち込んでないよ？」

「ほら、団子」と芙美子の鼻を指差す。

「あ、ホントだ。って、これ団子じゃないから」

「あれ？　ここに明太子《めんたいこ》もあるけど？」とアナ。

「それは唇。もーええわ。……高江さん、こんな感じ？」

「いい。上手《うま》くなったわー、ブー子のツッコミ。アナちゃんのボケもナイスだわ」

漫才トリオのように、三人はいつも賑《にぎ》やかだ。

「いいですねえ。皆さんに居てもらうと場が華やぎますよ」

陽介が心から楽しそうに言い、魔女たちを盛り上げる。

「あー、いい匂い。今、お腹が鳴っちゃった」

アナが隣に目をやった。

クロスのかかっていない木のテーブルに、大きなラクレット専用グリルが置いてあった。直径四十センチほどの半円形チーズが、カット面を上にして水平にセットされている。カットされた部分にグリルの熱が当たり、チーズの表面が炙《あぶ》られてクツクツと音を立てている。

「まずは、隆一くんの考えたラクレットの具材よ」

室田が銀色の蓋《ふた》をのせた皿を、ワゴンで運んできた。魔女三人は楽しそうに顔を見合わす。室田が蓋を開けた。白い皿の上に春巻き状のものが三つ並んでいる。

「なんだろ、生春巻き？」

すぐさま反応したアナに、隆一が「鳩と納豆、オカカのライスペーパー巻きです」と説明すると、「いきなり冒険するねー」と高江が面白がった。

正確には、ソテーした鳩の粗びき肉と納豆に、オカカとワケギを合わせ、ライスペーパーで巻いたものだ。調理とアレンジは伊勢が担当。隆一たちは基本的に、アイデアを出しただけだった。

「じゃあ、チーズをかけますね。……僕が一番手なんて、緊張するなあ」

皿を専用グリルのテーブルに運び、表面に焦げ目がついたチーズの横に置く。チーズを支えているホルダーを手前にずらし、それを片手で持ち上げて斜めにする。大きな銀のヘラで溶けた部分を削り、下に流し落とす。

「すごいシズル感」と高江が相好を崩す。

焦げ目つきのアツアツでトロトロのチーズが、具材の上……ではなく、皿の外側に落ちた。

「うわっ、すみません！」

やってしまった。だから一番手はいやだったのに。

「やり直します！」

「いいよいいよ、もったいないじゃない」と高江は言ってくれたが、「このチーズ、自分らが食べるんで」と陽介がフォローし、テーブルにこぼれたチーズを別皿に移した。正輝が素早くテーブルを拭《ふ》く。その間に、隆一は半円形チーズを炙り直した。

「リハーサルはしたんですけどね。僕、本番に弱いみたいで」

自虐的につぶやき、もう一度、細心の注意を払って溶けたチーズを流し落とす。今度は成功。黄金色のトロリとしたそれを、具材の上にたっぷりとかけた。魔女たちのテーブルに素早く運ぶ。三つの皿に取り分けて、各自の前に置く。

「お待たせしました」

「いただきます！」

声を重ねた三人は、カトラリーを操って伸びたチーズを具材に絡め、あっという間に胃袋に収めてしまった。

「美味《おい》しい！　目の前でチーズがかかると、それだけでも美味しく感じる」

甲高い声で真っ先に感想を述べたのは、芙美子だ。

「うん、なんかチーズ食べてるーって感じがワイルドでいいよね。醤油《しょうゆ》風味の納豆がチーズと合う。オカカの香ばしさもいいし、ワケギのシャキシャキした食感もアクセントになってて、ウチの好みだわ」

「実は納豆って得意じゃないんだけど、これはイケる。粗びき肉が入ってるからかな。このチーズって香りは強いけど味はマイルドで、具材の味を邪魔しないんだね。ホント美味しかった。旦那《だんな》にも食べさせたいよ」

高江とアナにも褒められ、隆一はこそばゆいよろこびを味わったのだった。

「採点するのかー。十点満点でしょ。アナちゃんは何点にする？」

「高江さん、人に訊《き》いちゃだめだよ」

「いやー、ウチ迷っちゃうよ」

「確かに。まだ比較するものがないからね」

「そうそう。あ、パンのチーズフォンデュと比べてみるわ」

高江とアナが用紙とペンを手に話している。芙美子が先に数字を書き込んだ。

「ブー子、決断が早いねえ」

覗《のぞ》き込もうとした高江に、芙美子は「だーめ。審査は神聖にしなきゃ」と言い、用紙を裏にして立ち上がった。「メイク、直してくるね」

カツカツと厚底靴の太いヒールを鳴らし、ポーチを手にトイレに入っていく。

「ブー子って女らしいよね。メイク直しマメだし。声もカワイイし」

「ヘアサロンのスタイリストだからね。高江さんも見習った方がいいよ」

「いや、無理。メイク自体がめんどくさくて。休みの日はしたくないわ」

高江がアナにうんざりした顔をする。

「採点、お願いしますね」

隆一が頼み、二人は用紙に数字を書き込んだ。

芙美子が戻ってきたところで、集計をする。芙美子は九、高江が八、アナが七。合計で二十四点。まずまずの高評価に隆一は安堵《あんど》した。

「次は陽介が考えた具材よ」

再び室田がワゴンで運んだ銀色の蓋を開ける。オードブルのように華やかな料理が、皿いっぱいに盛られている。

「ジャーン。アボカドのルイベのせです」

陽介が両手を皿の方に伸ばす。彼が考案したのは、刻みエシャロット入りアボカドディップの上に、薄くスライスしたサケのルイベをのせたものだった。

「ルイベって北海道の郷土料理なんでしょ？　生のサケを凍らせるんだよね？」

「そう。親戚《しんせき》が小樽《おたる》で割烹《かっぽう》をやってて、送ってもらったんです」

高江の質問に答えながら、溶けたチーズを皿にかける陽介。初心者とは思えないほど器用な手つきだ。

「お待たせしましたー。熱いうちに食べてくださいね」

陽介が料理を魔女たちの前に置き、三皿に取り分ける。三人は目にも留まらぬ速さで一気に食べていく。

「これもすっごく美味しい」と芙美子、「凍ったルイベの冷たさと熱いチーズ、温度差の組み合わせが新鮮だわ。サケとアボカドが合わないわけないし」と高江、「チーズの滑らかさとルイベのシャリシャリ感も面白いね」とアナ。

得点は、芙美子が九、高江が八、アナが九。合計は二十六点。

「隆一は二十四点だったよね。抜いちゃった」

ご機嫌な陽介が右拳《こぶし》を投げキスのように振り、いつもの決めポーズをする。隆一の胸に悔しさがよぎった。

続く正輝は、「ちょっと味覚に変化をつけてもらおうと思いまして」と宣言してから、〝青リンゴとクルミのフランベ〟にきっちりとチーズをかけた。

「さあ、どうぞ」と取り分けた皿を手早く置く。さすが、サーブに隙がない。

「ご存じかもしれませんが、青リンゴには赤いリンゴよりも、プロシアニジンという成分が多く含まれているんです。プロシアニジンは、肝臓内で脂肪の燃焼を促進するポリフェノールの一種ですね。クルミには抗酸化作用がありまして、アンチエイジング効果があると言われています。青リンゴとクルミは、女性にオススメしたい組み合わせなんです」

正輝が説明を終えぬうちに、三人は食べ終えてしまった。

「うーん、美味しい」「デザートっぽいかと思ったけど、ちょっと違う。コースの前菜とかでも合いそうだわ」「ブランデーとリンゴの甘みがチーズに合うね。クルミの食感もすごくいい」

また芙美子、高江、アナの順番でコメントし、それぞれが九、七、八と得点をつけた。合計は隆一と同じ二十四点。

「よし！　今のとこ自分の勝ちですね」

またもや決めポーズを取る陽介を、正輝が無言で睨《にら》む。隆一も次は絶対に勝ちたいと、両の拳に力を込めた。

ラクレット対決は続く。

隆一の〝ハンペンと刻みタクアンの焼き海苔《のり》サンド〟の合計は二十五点。陽介の〝リードヴォー（子牛の胸腺《きょうせん》）のカツレツ〟は二十三点。正輝の〝金目《きんめ》鯛《だい》とホタテの燻製《くんせい》〟は二十五点。

各自のトータルが四十九点のタイとなったところで、隆一が〝干し柿と蜂蜜《はちみつ》のガレット〟で二十七点を叩《たた》き出した。これまでの最高点だ。

「やっぱり、蜂蜜とチーズは鉄板だわね」

高江の声に、うんうんと頷《うなず》くアナと芙美子。

「今度は勝ちます！」と宣言した陽介が、「次のは、伊勢さんじゃなくて自分が作ったんです。ちょっと待っててくださいね」と言い残し、厨房《ちゅうぼう》に入っていく。

その時点では、この先に異変が起きることなど、誰も想像していなかった。


「これで勝負に出ますから！」

銀色の蓋《ふた》付き皿を、陽介と室田がワゴンで運んでくる。同じタイミングで、「気合入れ直してきた。まだまだイケるからねっ」と、トイレから戻ってきた芙美子が席に着く。

頻繁にメイク直しをする芙美子は、瞼《まぶた》にピンクのアイシャドーを塗り、そこに細かく赤い点々を散らしていた。なかなか斬新《ざんしん》なメイクだ。

室田が蓋を開くと、出てきたのは茹《ゆ》でて冷ましたロール状の鶏肉《とり》を、厚めにカットしたもの。濃いピンク色のものが、肉の間に巻かれている。

「北海道の地鶏で作った鶏ハム。中に明太子《めんたいこ》が巻いてあるんです。うちの家族の大好物。間違いなくチーズと合いますよ」

意気揚々と陽介が説明した。

「わあ、想像しただけで美味《おい》しそう。明太子大好き！」

芙美子がはしゃぐ。声だけ聞いてるとアニメのヒロインだ。

グリルに向かった陽介は、溶けたチーズをこれまで以上にたっぷりとかける。

「はい、どうぞ。お代わりもありますからね」

魔女三人は、ほぼ同時に鶏ハムのラクレットを口に入れる。

「めっちゃ美味しい！　お代わりしたい！」

瞬時に完食した芙美子が、用紙に数字を書き込む。

しかし高江とアナは、ひと口食べただけでカトラリーを置いていた。

「……ブー子、それホント？」と高江が目を見張り、アナも「信じられない」と首を横に振る。

「え？　なんで？」

不思議そうな芙美子。

「しょっぱすぎでしょ」「そう、ハムがね」

そう言って、高江とアナはグラスの水を飲む。

「えっ？」

血相を変えた陽介が「味見してきます！」と厨房に駆け込み、すぐに戻って頭を下げた。

「ごめんなさい！　鶏ハムの塩抜きに失敗してたみたいで。ちゃんと伊勢さんに味見してもらえばよかった。本当にすみません」

鶏の胸肉に塩・砂糖・ハーブ類をもみ込み、密封して冷蔵庫で三日間寝かせ、流水につけて塩抜きをしたのが陽介の鶏ハム。その塩抜き時間が足りなかったので、しょっぱくなってしまったようだった。それに明太子を巻いて茹でたことで、さらに塩味が増してしまったのだろう。

「……確かにしょっぱかったけど……でも、味は良かったから」

芙美子の笑みが引きつっている。

「ブー子、ちょっと見せてね」

アナが芙美子の採点用紙を手に取った。「鶏ハムも九点にしたんだ。あのさ、ブー子の採点、どの料理も九点だったよね。感想もほとんど『美味しい』しか言ってない。具体的に何が美味しいのか、言ってなかったよ」

そういえばそうだった、と隆一も芙美子の言動を振り返る。

「ねえブー子、もしかして、味が分からなくなってるんじゃない？　味覚障害ってやつ」

アナは酷《ひど》く真剣だ。
「え、そうなの？　いつから？」と高江も心配そうに尋ねる。
しかし芙美子は、「そんなことないよ。陽介くんにサービスしただけだから。もー
アナちゃん、ツッコミにくいボケ、かまさないでよ」と明るく否定した。
「本当に大丈夫？」とアナが芙美子の顔を覗《のぞ》き込む。芙美子は「ホントだって。試食
会、続けようよ」と言い張る。
「今日は、お開きにしましょうか」
伊勢の声がした。すぐそばに立っている。いつも音を立てずに、気配すらも潜めて
動く人だなと、隆一は改めて思った。
「陽介に鶏ハムを作り直させます。お手数をかけて恐縮ですが、仕切り直して、この
続きをさせてもらえませんか？」
「そうしてもらえたらありがたいです」
申し訳なさそうに陽介が頭を下げる。
魔女たちは承諾し、次の火曜日に再度集まってもらうことになった。
スタッフ全員で三人をエレベーター前まで送る。
「……あの、芙美子さん」

おずおずと声をかけたのは、正輝だった。

「なに？」

「その指輪、ステキですね。有名なアクセサリーメーカーのものじゃないですか？」

正輝は、芙美子の右の中指と甲を覆う銀の指輪を見ている。

それは、薔薇《ばら》の花をかたどった大きなパーツが、下に向かって三つ連なったデザイン。中指からいかにも重そうに、銀の薔薇が垂れ下がっている。芙美子は左利きなので、指輪をはめているのが左の中指だったら、食べる際にかなり邪魔になりそうだ。

「ああ、そう。シルバーのアクセで有名なメーカーだけど……」と言いながら、芙美子が左手で指輪を隠すように触った。

「それ、いつ頃からされてましたっけ？」

なぜか、正輝が妙な質問をした。

「え……？」と戸惑う芙美子。

「いや、友人がそんな感じの指輪を欲しがっていて、まだ売ってるなら教えてあげたいなと思いまして」

すかさず高江が、「去年の秋頃に買ったって、ブー子言ってなかったっけ」と証言する。

「うん、そうそう」と肯定しながらも、芙美子は不審な表情で正輝を見ている。

「も––、正輝くん。それ、ブー子が気持ち良くないと思うよ。正輝くんのお友だちが、自分とお揃いの指輪をするなんて」

アナがやんわりとダメ出しをしたが、芙美子は「あたしは別にいいよ」と言う。

「お友だちに教えてあげて。もう品切れになってるかもだけど」

「いや、やめておきます。失礼しました。来週の火曜日、お待ちしていますね」

姿勢を正した正輝が前言を撤回し、笑顔全開の陽介が三人に手を振った。

「ホントにすみません。次は美味しく作りますから。ほかにもまだ出してない具材があるんで、絶対来てくださいね！」

魔女三人も手を振りながら、エレベーターに乗り込んでいった。

「正輝さん、芙美子さんの指輪のことなんですけど……」

店内に戻ってすぐ、隆一は正輝に話しかけた。

「ああ、質問が唐突だった。我ながら不自然だと思ったよ。もっとベストな言い方があったかもしれないのに」

「やっぱり、指輪のこと友人に教えたいなんて、嘘だったんですね」

陽介も好奇心で目をらんらんとさせている。鶏ハムの失敗など、すでに忘却の彼方《かなた》なのかもしれない。

「俺が気になったのは指輪じゃない。指輪で隠していたものだ」

　正輝が言い切った。

「芙美子さん、何か隠してたんですか？　あの銀の指輪で？」

　それがなんなのか、隆一には予想がつかない。

「……タコが、あるような気がしたんだ」

「タコ？　なんですかそれ？」

　同じく予想できなそうな陽介が、正輝にぐっと近寄る。

「吐きダコ。過食嘔吐《おうと》の人にできることが多いんだよ。中指の付け根とかに」

　メガネの位置を直してから、正輝は推測したことを語り始めた。

「食欲のコントロールができなくて、食べて吐いてまた食べてを繰り返すのが過食嘔吐。で、指を入れて吐き続けた際に、歯が当たってできてしまうのが吐きダコだ。赤く痣《あざ》になったり、豆のように皮膚が固くなることもある。それを隠したくて、中指の付け根を覆う指輪をしていたのではないか？　俺はそう考えた。だから、わざと指輪を話題にしたんだ。案の定、芙美子さんは動揺して指輪を隠そうとした。買ったのは去年の秋頃だという。つまり、その前から過食嘔吐をするようになって……」

「するようになって、それで？」

　続きをせがむ陽介に、「水が飲みたい」と正輝が言った。室田がグラスについだミネラルウォーターを、一気に飲む。

「……でな、その過食嘔吐が原因で栄養素が足りずに亜鉛不足になり、味覚障害を併発した可能性がある。アナさんが言ってた通り、芙美子さんは味が分からなくなってるんじゃないかな。あんな不味《まず》そうな鶏《とり》ハムを食べて、平気だったんだから」

「最後のひと言、余計じゃないですか！」

陽介は本当に憤慨したようだが、正輝は話を続ける。

「それから、彼女の瞼《まぶた》には赤い斑点《はんてん》があった。あれはきっと、吐く時に瞼の毛細血管を損傷したことによる内出血だ。それもあったから、過食嘔吐を疑わざるを得なかったんだ」

隆一も、トイレから戻った芙美子の瞼に赤い点々を見た。メイクの一部かと思ったのだが、メイク直しというのは口実で、実はトイレで指を口に突っ込み……。

想像すると辛《つら》くなる。

「……味覚がないなんて残酷ですね。あんなに食べるのが好きだった人が」

陽介のつぶやきを受けて、伊勢が口を開いた。

「もしかしたら、食べることで何かを埋めようとしていたのかもな。自分が欠けてると思っている、何かをね」

そうかもしれない。身体は満腹でも、心はいつまでも満腹にならないから、無茶をしてでも食べ続けるのではないだろうか。食べている瞬間だけは幸せだから、その幸せを常に感じていたくて。

「芙美子さんが本当にそうだったとして、治す方法、ないんですかね？」

隆一の問いかけに応じたのは、今度も正輝だった。

「味覚障害なら、食事やサプリで亜鉛不足を補うのが一般的な治療法だけど、過食嘔吐はなあ。ストレスなのか悩みなのか、原因となってる問題点を探って対処していかないと……」

その時、店のガラスドアが開いた。アナが一人で立っている。

「さっきはご馳走《ちそう》さまでした」

「あれ、どうしました？　高江さんと芙美子さんは？」

陽介が訊《き》くと、「先に帰った。実はね、お店から出てすぐ、ブー子が次の試食会には行かないって言い出して……」と困ったような顔をした。

「えっ？　なぜ？」

正輝が声を上げた。

「それが、よく分かんなくて。自分のこと、あんまり話さない子だから。とりあえず、来週はブー子抜きでもいいかな？」

なんと答えればいいのか、誰もが戸惑っている。

「もちろん、構いませんよ」

ほどきかけていた髪を結び直しながら、伊勢がアナに歩み寄る。

「だけど、芙美子さんの分も用意はしておきます。気が向くようだったら来てほしい。私がそう言ってたと、お伝えください」

「分かりました。ありがとうございます」

そのまま帰ろうとしたが、アナは振り返った。

「ワタシ、ブー子が本当に味覚障害なんじゃないかなって、さっき思っちゃったんです。だから、次の試食会には行かないことにしたのかなって。ワタシも味覚がおかしくなったことがあるから、すごい心配で……」

おかしくなった、との発言が隆一は気になったが、そこには触れずに話を聞く。

「前に写真見せてもらったことがあるんだけど、ブー子、二十歳くらいまではすっごく痩《や》せてたんですよ。それが、ここ数年で一気に。……ストレスとか、なんか事情がある気がして。だから、なるべく楽しい企画に彼女を誘いたい。食べたくないかもしれないけど、来週の試食会に来てほしいなって、ワタシも高江さんも思ってます」

じゃあ、と挨拶《あいさつ》をして、アナが出ていった。

「……俺のせいかもしれない。指輪のことに触れてしまったから。ギャルソン失格だ」

正輝ががっくりと肩を落とす。

「誰のせいでもないよ」と伊勢が正輝に向き合った。「相手のためにやったと思ったことが、裏目に出る。よくあることだ」

「……そうですね」

正輝は片付けを始めようとしたが、隆一は動けないままでいる。

誰も悪くないのに、裏目のままでいいのか？　表目にひっくり返せる手が、あるんじゃないか？　いつも世話になっている先輩のために、美子のために、自分ができることは……？

「正輝さん、謝りにいきませんか？」

「え？」

メガネに手をかけた正輝が、隆一をまじまじと見つめた。

「ほら、芙美子さん、二子玉川《ふたこたまがわ》のヘアサロンでスタイリストしてるんですよ。お店の名前、聞いてるじゃないですか。明日《あした》、出勤前に髪切りに行きましょうよ。僕も一緒に行きますから。それで、次の試食会に来てもらいましょう。たとえ味が分からなくても、楽しい雰囲気は味わってもらえるはずだから」

「いや、でも、なんて謝ったらいいのか……」

躊躇《ちゅうちょ》する正輝に、陽介がぐっと近寄る。

「すみません、でも、ごめんなさい、でもいいじゃないですかー。なあ、隆一」

「はい！」

「いやいや、それならちゃんと対策を練らないと……」

「行けばなんとかなりますって。まずは僕が芙美子さんと話してみますから。ね？」

二の足を踏む正輝に、隆一はほほ笑んでみせる。

「張り切るのは構わないけど、また裏目に出ないようにな」

口ではそう言いながらも、伊勢の目は限りなくやさしかった。


玉川髙島屋、ライズ・ショッピングセンターなど、デパートでの買い物から河川敷のバーベキューまで、幅広くレジャーが楽しめる二子玉川。駅の周辺だけで比べると、どこか庶民的な三軒茶屋よりも、遥《はる》かに高級感がある。

人でごった返す駅を出て用賀方面に歩き、細道を入った辺りにあるビルの一階に、芙美子の勤めるヘアサロンはあった。近所に住む奥様方をターゲットにしつつも、美容界のトレンドは押さえていそうな店だ。

「いらっしゃいませ」

パーマヘアを赤く染めた男性スタッフが、隆一と正輝を迎える。予約は昨日のうちにしてあった。隆一が指名したのは芙美子。指名なしの正輝は……。

「僕が担当させていただきます。堀《ほり》、と申します」

目の前の赤髪のスタイリストが、正輝の担当をすることになった。

コートやバッグを堀に預けていると、店の奥から芙美子が歩いてきた。いつものようにゴシック風の黒いファッション。髪型もメイクも昨日と変わらない。銀の薔薇《ばら》の指輪があった右中指には、絆創膏《ばんそうこう》が貼られている。

「うわっ、びっくり、なんでっ？」

目を見開く芙美子に、いきなり正輝が告げた。

「き、昨日は、大変失礼いたしました。指輪のこと、友人に教えたいとか、勝手なことを言ってしまいまし、て」

話し方がぎこちない。緊張しているようだ。

「え？　まさか、わざわざ謝るために？」

芙美子のハイトーンボイスが、ますます高くなっている。

「いや、違うんです。昨日、そろそろ髪切りたいねって正輝さんと話してて。だったら芙美子さんのとこに行こうか、ってことになって。二子で買い物もしたかったし。そうですよね？」

「そうそう。久しぶりに東口の東急ハンズに行きたいと思って。あの二階建ての」

「正輝さん、そのハンズ、もうない」

隆一はあわててささやいた。

「え？」

「東急ハンズ、もう閉店しちゃってます」

「……あ、そうか。だいぶ変わっちゃったよな、この街も」

正輝が額の汗を手で拭《ふ》き、「今日は暑いな」とつぶやく。

芙美子がゆっくりと、白い歯をこぼす。

「わざわざありがとう。こちらへどうぞ」

奥に向かってウナギの寝床のように長いフロアは、手前がカットスペースで、奥がシャンプースペースになっていた。数人の客がスタイリストに髪を整えられている。

隆一は芙美子に案内され、シャンプースペースに近い椅子に座った。正輝は受付のそばだ。

クロスをつけてくれた芙美子に、「今風な感じにカットしてもらえれば」と鏡越しに頼んだら、「分かった。先にシャンプーしよう」と奥に連れていかれた。

薄い壁で仕切られた、無人のシャンプースペース。その真ん中のリクライニング椅子に横たわる。

「野方さん」

白シャツと革パンツを着こなした女性スタッフが、芙美子に声をかけた。「森《もり》さんが呼んでます。お帰りだそうです」

「あ、ありがとうございます。隆一くん、ちょっと待っててね」

そのまま椅子に横たわっていると、壁越しに女性たちのヒソヒソ声が聞こえてきた。革パンツの女性と他の誰かだ。隆一は、耳の良さには自信があった。

「ほら、シッポ振りに行ったよ」

「ブー子のくせにね」

ブー子？　それって芙美子さんのこと？

鼓動が急激に早くなる。今の会話だけで、理解してしまったからだ。芙美子がこの店の女性スタッフに、どんな風に思われているのか。

やがてジワジワと、胸の奥から鈍痛が湧いてきた。

「お待たせしてごめんね。たまに指名してくれる常連さんだから」

「ぜんぜん。椅子が気持ち良くて寝てました」

戻ってきた芙美子に、変わらない態度を取るように努める。

「正輝くん、シャンプーの前にカラーリングするみたいだよ」

「えー？　そんなこと言ってなかったのに」

「堀さんにススメられたのかも、カラーが得意だから」

顔にガーゼをのせられ、シャワーで頭髪が濡《ぬ》れる。温度が丁度いい。

「いいお店ですね。広くて、落ち着いた感じで」

「まあね。いろいろあるけど」

「いろいろ？」

「いろんな人がいるし、来るし。仕事して食べてくのって、ホント大変だよね」

そのほんの一言に、ずっしりと重みを感じる。

どんなに華やかに見える仕事だって、綺麗《きれい》なだけでは済まないはずだ。そこには常に、汚いものが背中合わせで存在するのだろう。たとえば、仕事中に同僚が叩《たた》く陰口、とか。

——綺麗は汚い、汚いは綺麗。

マクベスの魔女のセリフが、耳にこだましている。

やがて隆一の後頭部で、芙美子の両指が動きだした。

とても丁寧に、やさしく。それでいてポイントは強めに。

「ステキな手ですね。感触が柔らかくて、しなやかで」

「やだ、あたしの手なんて、あかぎれだらけだし」

「誰かを喜ばせるために動かしてる手はステキです。荒れてるとか、そんなのは関係ないです。僕は、そう思います」

「ふふ。じゃあ、素直によろこんでおくね」

お世辞じゃないですよ、と真剣に告げてから、自分がいつの間にか、相手の長所をすぐ褒めるようになっていることに気づく。陽介の影響かもしれない。

しばらくの間、ホスピタリティに満ちたシャンプーのテクニックを堪能《たんのう》した。

「――芙美子さん、ここ、長いんですか？」

「もう四年目になるかな。長いと言えば長いよね」

現在二十四歳の芙美子。二十歳までは痩《や》せていたと、アナが言っていた。ここで働くようになってから、過食をするようになったのだろうか？

そういえば、美容師見習いの友人が愚痴っていたことがある。朝から店に立ち、終わってからは練習。帰りは終電近く。食事も不規則でキツすぎると。

「あたし、ヘアスタイリストになりたくて、十八で九州から上京したの。でもね、最近、思うんだ。あの頃に夢見た未来のあたしは、今のあたしなのかな、って」

冬空で木の葉が震えるような、寂しい声だった。

電車に揺られ、東京を目指す十八歳の芙美子が浮かんできた。大きな希望を荷物に詰めた彼女は、とても痩せている。

場面が変わった。深夜の薄暗い部屋。床に散らばった大量の食べ物の中に、細い身体を埋めた芙美子。泣きながら食べ続けている。

その姿が、今のふくよかな芙美子に変化していく。

「……無理、しないでくださいね」

それしか、隆一には言えなかった。

「隆一くんはホントやさしいね。なんでも話せちゃいそう」

「話してください、本当のこと。昨日のラクレットも、無理して食べてくれたんじゃないですか？」

「そんなことないよ。……でもね、無理するのって、嫌いじゃないんだ」

ゴシゴシと気持ちよく響いていた音が、シャワー音に変化した。ガーゼの隙間から、芙美子の手が見えた。右手。絆創膏が水で剝《は》がれている。

そして、隆一は確認した。

中指の付け根から少し下に、赤いタコらしきものがあることを。

「あたしね、昔から声がキモいとか変人とか言われて、周りから浮くことが多かったの。だから、こんなあたしと遊んでくれる高江さんとアナちゃんが、すごく大事。少しくらい無理してでも、一緒にゴハン食べたいな、って思う。あの二人はいくら食べても体形変わんないけど、あたしは太っちゃうから、痩せる努力もしなきゃいけないんだけどさ。……やだ、なに言ってんだろ。あたしがこんな話したなんて、誰にも言わないでね」

もちろんです、と答えた隆一の中で、すべてが繫《つな》がった気がした。

芙美子が過食嘔吐《おうと》になったのは。

手にタコが現れるまで無理に食べ続け、味覚さえも失って。

そのタコを、銀の指輪で隠していた理由は。


「……また三人で、大食いチャレンジ、したいな」


東京でできた大事な友だちと、一緒にいたかったから。

三人との食事の時間が、とても得難いものだったから。

芙美子の欠けたものを埋めていたのは、食べる行為だけではなかったのだ。

二年ほど前に手に入れた、〝大食い魔女の一人〟という居場所。

それは、まるで毒を嚥下《えんか》したごとく摂食したものを吐き出し、その苦しみに耐えてでも欲しかった、芙美子にとっての魔法の薬。

――薬は毒、毒は薬。

おそらく、それが真実だ。


洗い髪をカットされながら、隆一は鏡の中の芙美子に話しかけた。

「シャンプー、最高に気持ち良かったです。肩のマッサージも」

「でしょ。結構、評判いいんだ。年配のお客様とかに」

笑った顔に、ファンデーションのシワが寄った。

「あの……」

「ん？」

「僕、自然な芙美子さんが、いいと思います」

「えー？　なにそれ、いきなり」

「芙美子さんが無理すると、高江さんとアナさんが気づいちゃうかも。あの人たち、本当に魔女っぽいとこあるから」

カットバサミを持った左手が止まった。コームを握った右手には、新しい絆創膏《ばんそうこう》が貼られている。

「……二人がなんか言ってたの？　あたしのこと」

隆一は、いいえ、と首を振った後、「あ、アナさんが、楽しい企画に芙美子さんを誘いたい。三軒亭の試食会にも来てほしいって、言ってました」と告げた。

「……そう」

カットが再開した。

「来て、もらえないですかね？」

「うん。考えとく」

芙美子がカットに集中した。表情からは何も読み取れない。

来てくれなくても、誠意が伝わっていればいいなと、隆一は思った。


「はい、完成」

「いいじゃないですか！」

隆一は、すっかり今ドキの男子風な髪型になっていた。

なんだかウキウキしてきた。帰りに新しい服、買っていこうかな。

「そうだ、正輝さんは？」

「カラーだから、もうちょっとかかると思う。ここで雑誌読んで待ってなよ。あたしはカットのお客さんが入ってるから」

その言葉に甘えて、メンズファッション誌を読ませてもらうことにした。

新しい髪型に合う服はないかな？　と夢中で探しているうちに、時間を忘れた。

「待たせたな、隆一」

正輝の声で振り向く。しばし啞然《あぜん》とした後、爆笑した。

「すごい！　正輝さん、似合ってますよ！」

「では、なぜ笑う？」

さっきまで黒かった髪が、鮮やかな銀髪に変化している。

メガネを外した見慣れない顔が、別人のようだ。

「いや、マジでカッコいいですよ」

本当だった。口に両手を当てて正輝を見ている女性スタッフもいる。芙美子をディスっていた革パンツだ。頬が赤らんでいる。

「すごい！　正輝くん、超いい感じ」

通りかかった芙美子も目を細める。

「お任せにしたら、こうなりまして。まあ、たまには変わってみるのも悪くないですよ。『生き残るのは変化できる者である』って、進化論のダーウィンも言ってますから」

銀色の髪をさらりと撫《な》でる。まんざらでもないようだ。

「変化できる者かあ。すぐに変われる人は羨《うらや》ましいよ」

芙美子の視線が遠くを彷徨《さまよ》う。

「誰でも変われますよ。今に満足してるなら別ですが、そうでもないのなら、何かを好きなように変えてみるのは有効です。ほんの小さなことでいい。それこそ髪の色レベルでも。それがドミノ倒しのように、変化の連鎖を起こすんです」

「正輝くん、心理カウンセラーみたい。暗示にかけられそう」

「良い暗示にはかかってもいいと思いますよ。救いになるから。悪い暗示は呪いになるけど」

「じゃあ、正輝くんを信じてみるか」

二人がほほ笑み合う。

「では、もう一つ、暗示をかけましょうか」

正輝が姿勢を改めた。「来週の試食会に来れば、良い変化があります。絶対に」

「強引な暗示だね」

芙美子は微笑した。「分かった。信じるよ。ありがとう」

そして彼女は、「待ってます」と正輝が差し出した右手を、そっと握った。絆創膏が貼られた、とても綺麗《きれい》な右手で。

それを眺めていた革パンツが、不愉快そうな顔で背を向けた。

王子に選ばれたシンデレラに嫉妬《しっと》する、意地悪な姉みたいだな。

隆一は密《ひそ》かに空想しながら、メガネをかけた正輝と店をあとにした。


「芙美子さん、試食会に来てくれそうですね。よかった」

隆一は達成感に浸っていた。駅を目指す足取りも軽い。

「隆一、俺の話をしてもいいか？」

隣の正輝が、前を向いたまま言った。

「もちろんです」

「うちの父親は開業医なんだ。長津田《ながつた》に病院がある」

唐突な告白ですね、と返しそうになったのだが、シリアスな横顔に黙り込む。

「長男の俺には、医師になるレールがきっちり敷かれていた。物心がついた頃から、自分も医師への道に進むんだと思い込んでいた。それで医大に入ったまでは良かったんだが、あっけなく中退。で、家を追い出されたんだ。いわゆる勘当ってやつだな」

コツコツコツ。コンクリートの上で、二つの足音が重なる。

「大学の動物実験が耐えられなかったんだ。どうしても。以来、好物だった肉が食べられなくなってしまった。ある日、フレンチが懐かしくなって、噂に聞いていた三軒亭に入った。伊勢さんは俺の話を聞いて、肉を使わないコースを作ってくれた。最高にウマかったよ。特に、肉の代わりに大豆を使ったミートローフがな。動物の肉なんて、一生食べなくていいと思った。……でもな」

正輝は歩くテンポを緩めた。隆一もそれに合わせる。

「入ってたんだよ、肉が。大豆だと思ってたら、鶏《とり》のひき肉だったんだ。あとから伊勢さんに聞いて愕然《がくぜん》とした。すっかり騙《だま》されたよ。これは動物の肉ではないという伊勢さんの暗示を、まんまと信じたわけだ。大笑いさ。それからは、昔のように肉が食べられるようになった。罪悪感から解放されたんだろうな」

端整な横顔を見上げて、隆一は感じ入った。

あまりにも繊細で聡明《そうめい》で。それ故に医師への道を踏み外したこの人も、伊勢さんに救われた一人だったのだ。

「……で、何が言いたいのか、というとだな」

正輝はピタリと立ち止まった。

「俺たちは、命あるものを体内で消化することで、肉体を維持しているんだ。無駄になどせず大事に食べて、命を繋《つな》いでいかないとな」

力強く述べて、再び歩き出す。

今の話、芙美子さんに聞かせたかったんじゃないですか？　命を取り込まずに吐き出してしまうのは、命を冒瀆《ぼうとく》することと同義であると。それを痛感しているから、正輝さんは接客中に、食材の栄養素まで丁寧に説明するんですか？

などと尋ねたい欲求もあったが、隆一は「そうですね」と相槌《あいづち》だけ打った。

頭上を一羽の白鳩が飛んでいる。丸々と太っている。

「ウマそうだな。カワイイけど」

正輝がボソリとつぶやいた。隆一もまったく同感だった。

——カワイイはウマい。ウマいはカワイイ。

翌週の火曜日。隆一たちは、高江とアナと共に芙美子の到着を待っていた。

高江は今日もベレー帽に黒ぶちメガネ、おそらくすっぴん。アナは胸元の開いたニットが、いつも以上にグラマラスだ。

二人はそわそわと入り口のドアを窺《うかが》っている。

前回と同様に、専用グリルに半円形のラクレット・チーズがセットされているのだが、約束の時間はとうに過ぎていた。

「正輝くん、本当にブー子来るの？」

「おそらく、としか言えないのですが」

「アナちゃん、早く食べたい気持ちは分かるけど、落ち着こう」

「落ち着いてるよ。早く食べたいのは高江さんでしょ。ワタシはブー子が心配なの」

「ウチだって、ブー子のこと考えてるよ。あ、来たかな？」

ガラスドアが開いて、芙美子が現れた。

「え――――っ」

大声を上げたのは、高江とアナだった。隆一も「芙美子さん、ですよね？」と確認してしまう。

「うん。たまにはイメチェンするのも、悪くないと思って」

ニッコリとする芙美子は、髪をあごのラインで切り揃え、黒革のライダースジャケットを着ている。インナーはレモン色のモヘアのニット。チェックのプリーツスカートにショートブーツ。メイクはナチュラル系だ。ぐっと若返って見える。

「いい！　甘辛ガーリー！」「カワイイよ！　前より似合うかも！」

高江とアナが駆け寄る。陽介が「いいですねー」と称賛する。銀髪の正輝は何度も頷《うなず》き、隆一に目配せをよこした。隆一も思い切り頷く。室田が「シャンパン、開けちゃおうか」とバーカウンターに歩いていく。スイングドアの前に立つ伊勢は、口角を少し上げている。

「チーズ、あったためますね」

グリルに手をかけた隆一を、芙美子が「ちょっと待って」と引き止めた。

「あたしね、みんなに嘘ついてたことがあるんだ」

両手を胸の前で合わせる。銀の指輪はしていない。右手に赤いタコがある。

「味が分からないの。何を食べても同じ。紙を食べてるような感じっていうか」

しん、となった店内に、芙美子の高い声が響く。

「原因は、自分が一番分かってる。高江さんとアナちゃんと、一緒に大食いするのが楽しくて。たくさん食べたいんだけど、これ以上太りたくなくて、不安になっちゃって。だからね、トイレとかで……」

「ブー子、もういいよ。分かるから」

アナが芙美子の右手を見ている。「ワタシも同じ経験、してるんだ」

「え？」と芙美子が目を見開いた。

「十代の頃、過食症でボロボロになったの。モデルみたいに細くなりたくて。でも、今の旦那《だんな》がそのままでいいって言ってくれて、無理するのやめた。それで治ったんだ。このままいくとブクブクになるかもしれないけど、それはそれでアリかなって思ってる。できれば、ブー子にも無理しないでほしいな」

芙美子は、「アナちゃん、ありがと」とうれしそうな表情をした後、やや言いにくそうに声を出した。「……あの、一つお願いしてもいいかな？」

なに？　と言ったアナに、芙美子が小声で告げる。

「あのね、ブー子ってあだ名、好きじゃないんだ。そう呼ばれるたびに、なんか嫌な気持ちになっちゃって。最初に会ったとき、あだ名を聞かれてブー子って言っちゃったの自分だから、今まで黙ってたんだけど。あれ、自虐ネタだったっていうか。ずっと呼ばれるとは思ってなくて……」

それはもしかすると、職場の革パンツたちに陰でブー子と呼ばれていることが、関係しているのかもしれない。

「分かった。気づかなくてごめんね」とアナが言い、「芙美子、これだけは言っとくわ」と、高江が芙美子を真っすぐ見つめた。

「自虐が楽しいならいいけど、苦しいならもうやめときな。身体に悪いから。ちなみに、ウチは自虐ネタがホントに好き。だから、今日はサービスするわ。ほら、見てよこれ」

ベレー帽をさっと脱いで、後頭部をさらけ出す。

ベリーショートにした頭の左上に、十円玉サイズのハゲがあった。

「うわ、高江さん、いつから？　前はなかったよね？」

アナが大声で訊《き》くと、「去年、外商に移ってから。金持ちの客に振り回されて、身体が悲鳴上げてるわけ。だいぶ慣れてきたけどね」とベレー帽をかぶり直す。

どうリアクションしたらいいんだろう。

隆一が逡巡《しゅんじゅん》していたら、アハハハ、とアナが弾けるように笑った。

「もー、勘弁してほしいよ。高江さんが十円ハゲ、芙美子は過食症、ワタシも元過食症。三人の大食い魔女が全員ワケありって、すごくない？」

高江が「魔女だけに闇が深すぎ。びっくりするわー」とおどけ、ドッと笑いが起きる。芙美子は「確かにそーだ」と手を叩《たた》いている。

「あーウケる。高江さんもアナちゃんも、ホント最高。三軒亭の皆さんも」

魔女たちが楽しそうに視線を絡め合う。

隆一は、三人ともいい女だなあ、と心でつぶやいた。

明け透けのようだけど、実はすごくナイーブで誠実で。いろんな問題を抱えながらも、それを笑いに変換できる三人が、麗しく輝いて見える。

「そろそろ食べない？　ウチ、今日も朝抜きだからお腹すいたわ」

「アタシも。芙美子は？」

「もちろん食べるよ。隆一くん、チーズあっためてくれる？」

「もうやってます！」

室田がシャンパングラスとボトルを運んできた。グラスは八個ある。

「とりあえず、みんなで乾杯しましょ」

「え？　自分らも飲んじゃっていいんですか？」と陽介が目を見張り、「いや、乾杯するだけだ」と正輝が小声でささやく。

「まだ仕事があるからな」

スイングドアから出てきた伊勢が言う。具材をのせたワゴンを運んできたのだ。銀色の蓋《ふた》つきの皿が、三つ置いてある。

「審査はワタシと高江さんがします。芙美子は食べるだけでいいですか？」

アナに訊かれ、「大丈夫。競い合うのはやめました。今日は審査しなくていいですよ」と伊勢が答える。

「でも、最高点の料理をイベントのメインにするって……」

「ギャルソンのアイデアは全部採用します。すべてがメインです」

伊勢はアナに断言した。

「本当に採用するんですか？　陽介の鶏《とり》ハムも？」

「正輝さん、酷《ひど》いですよー」

「もちろん冗談だ」

「伊勢さん、チーズが焦げてきました！」

隆一が呼びかけ、伊勢が頷く。正輝と陽介が銀蓋を次々と開ける。すべての皿に牡《か》蠣《き》料理が盛られている。殻に入った大ぶりの生牡蠣。白ワインと香草で蒸した牡蠣のヴァプール。メレンゲ入りの衣でふわりと揚げた牡蠣のベニエ。

ごくり、と芙美子が喉《のど》を鳴らす。隆一は生牡蠣を一ピースだけ取り皿にのせ、そこに熱いチーズをかけて、芙美子の前に置いた。

伊勢が「〝魔女に捧《ささ》げる牡蠣のラクレット〟です」と言った。「牡蠣もチーズも亜鉛が豊富なんですよ。亜鉛は味覚を取り戻すために必要な栄養素。芙美子さんに食べてほしくて、みんなで考えました」

言い出したのは伊勢だ。三種類のアイデアも、ネーミングを考えたのも。

さすがだなあ、伊勢さん。と、隆一は尊敬の念を深めたのだった。

「うれしい。三軒亭って本当にすごいですね。じゃあ、お先にいただきます」

芙美子がカットした牡蠣を口に運んだが、「……やっぱり、味がしない」と言って、静かにカトラリーを皿に置いた。

「でもね、隆一くんがチーズかけてるの見てただけで、どんな味がするのか想像できたんだ。生牡蠣がチーズの熱で湯引きされたようになって、甘みが増してる。中はプルプルで、嚙《か》むとジュワーって牡蠣のエキスが口に広がるの。まろやかなチーズとの相性も最高で。……うん、めちゃくちゃ美味《おい》しいよ」

じっと目を閉じて、頭の中で牡蠣のラクレットを味わっている。

「その味、ウチにも伝わってくるわ」「ワタシにも。すごく美味しく感じる」

高江とアナも目を閉じた。

「人は頭で情報を食べるんです」

伊勢の声で、三人が一斉に瞼《まぶた》を開く。

何を言うのかと、隆一も伊勢の話に神経を注ぐ。

「脳は味覚よりも、視覚や記憶の情報を優先する。たとえば、赤くしたサーモンの切り身をマグロだと言われて食べれば、味もマグロだと感じるそうです。高級な食材の方が美味しく感じるのも、高いものは美味しいという情報がインプットされてるから。要は、思い込みですよね」

芙美子を見つめたまま、伊勢が言葉を重ねた。

「思い込みの力は強大なんです。食べ物の味を変えてしまうくらいにね。痩《や》せている方が美しいという考え方も、単なる思い込みかもしれませんよ」

アナと高江が、何度も首を上下に振る。

「……その思い込み、外せたら楽になれそう」

芙美子がゆっくりとほほ笑む。

「逆を言うと、治ったと強く思い込めば、味覚も早く戻るんじゃないですかね」

メガネを押さえた正輝に、芙美子が即答した。

「じゃあ、自分に暗示をかけるよ。すぐに治るって。治ったらまた食べにくるね。

〝魔女に捧げる牡蠣のラクレット〟」

「治すために、いま食べましょう!」

陽介の声を受け、室田がシャンパンのコルクを抜いた。

シャンパンで乾杯した後、三人に牡蠣のラクレットを食べてもらった。

店内中央のテーブルには、バゲットや茹《ゆ》でたジャガイモなど、王道の具材も並んでいる。正輝が前回出そうとしていた、ポルチーニとホウレン草のパテも。

各自が好きな具材を選び、ギャルソンが交代でチーズをかけていく。

「ワタシ、まだまだイケそう。変わり種も美味しいけど、オーソドックスなラクレットもいいよね」

「アナちゃん、それ何皿目？」

「六皿かな」

「ウチ負けてる。お代わりください！」

「だから高江さん、これ、大食い大会じゃないから」

アナと高江の会話を、芙美子がにこやかに聞いている。

「お代わり、まだまだありますから。今、陽介さんが鶏ハムを用意してます！」

隆一が声を上げた。

「待ってました！」

声を揃えた三人の大食い魔女が、楽しそうに笑みを交わした。


事件が起きたのは、魔女たちが帰ったあとだった。

そのとき、伊勢と室田は厨房《ちゅうぼう》で仕込み中。隆一は正輝・陽介と共に店内の掃除をしていた。

入り口のそばにいた隆一の視界で、エレベーターの扉が開いた。中から現れたのは、見知らぬ女性。店に向かって歩いてくる。

ストレートのロングヘア。トレンチコートに赤いストールを巻いている。マスクをしているので人相はよく分からない。右肩にかけた犬用キャリーバッグの中から、真っ黒なパグが顔と前足を出している。ピンクの舌をチロリと覗《のぞ》かせ、中央にハート形のトルコ石がついた革の首輪をしている。

隆一はガラスドアを開き、店内を窺《うかが》っていた女性に話しかけた。

「すみません、まだ準備中でして。店は六時からなんです」

女性は隆一に視線を向け、「あの、ちょっと伺いたいんですけど」とマスクでくぐもった声を出した。「こちらでは、キッシュをいただくことができますか?」

キッシュ。それは確か……。

「申し訳ないのですが、キッシュはお出ししていないんです」

後ろから正輝の声がした。

「え……?」

女性がなぜか、両目を見開いて左手を口元に当てた。薬指にシンプルなプラチナの指輪をしている。結婚指輪かもしれない。

「それ以外のリクエストには、できる限りお応《こた》えしています。ご予約されますか?」

正輝の問いかけには答えず、彼女は早口でこう言った。

「すみません、シェフの方のお名前を伺ってもいいですか?」

隆一は正輝と顔を見合わせた。陽介も後方から様子を眺めている。

「伊勢優也、と申しますが」

正輝が告げたその刹那《せつな》、パグがワンワンワン、と激しく吠《ほ》えた。

「エル、だめよ」

女性はパグの首を押さえて「ありがとうございました」と会釈し、逃げるように店から離れていった。一目散にエレベーターに乗り込む。閉まる扉を隆一が茫然《ぼうぜん》と見ていたら、背後から伊勢が近づいてきた。

「どうした？　何かあったのか？」

隆一たちは今の出来事を伊勢に伝えた。女性が黒いパグを連れていたことも。

次の瞬間、血相を変えた伊勢が店を飛び出した。

下降したエレベーターには目もくれず、非常階段を駆けおりていく。尋常ではない様子に、隆一たちもあとを追う。

ビル一階の入り口で、伊勢は辺りを見回しながら叫んだ。

「マドカ！」

パグの女性の姿は見当たらない。伊勢はコックコート姿のまま、三軒茶屋の駅の方向に駆けていく。ほどけた髪がたなびいている。

「隆一、伊勢さんから離れるな。俺たちは他を探す」

正輝に言われて「了解です」と応じ、全力で走った。

それから隆一は、伊勢と共に女性を探した。駅の構内。三軒茶屋の交差点。国道246やキャロットタワー近辺のバス停。茶沢通りの道沿いも。

しかし、見つけることはできなかった。

やがて、伊勢はがっくりと肩を落とし、三軒亭の方に歩き出した。ずっとそばにいた隆一に、「悪かったな、付き合わせて」とひと言だけ告げて。

隆一が正輝に電話をし、発見できなかった旨を報告すると、『こっちもだ。とりあえず店に戻る』とのことだった。

店に帰った伊勢は、普段と変わらない表情で髪を束ね、厨房に入っていった。微《かす》かな緊張感を発する背中から、何も語りたくないことが伝わってくる。

「隆一くん、何があったの?」

バーカウンターの室田に手短に事情を説明し、「伊勢さんの知り合いで、マドカさんっていいます?」と訊《き》いた。

室田はしばし沈黙してから、「誰にだって言いたくない過去はあるでしょ」と諭《さと》すように言い、氷の塊をアイスピックで砕き始めた。あとから戻ってきた正輝と陽介が尋ねても、同じ答えを繰り返すだけ。

だから、隆一と正輝はもちろん、いつもは奔放な陽介でさえも、マドカなる女性について話すことができなくなってしまった。

「もういいから、開店準備しましょ」

室田の声で、それぞれが黙々と作業を再開する。隆一はテーブルをセットしながら、さっきの出来事に思いを馳《は》せた。

伊勢さんは犬が苦手。キッシュが作れない。ロングヘアの女性はパグを連れ、キッシュはいただけるのか？　と訊いてきた。そして、シェフの名を聞いて立ち去った女性を、伊勢が必死で追いかけた。マドカ、と呼んで。

マドカとは何者なのか？　伊勢とはどんな関係で、何をしに店を訪れたのだろう？　伊勢はなぜ、彼女をあんなにも探したのだろうか？

気づけば、開店時間が迫っていた。隆一がガラスドアに目をやると、雅がマルを入れたバッグを抱えてやって来た。急いでドアを開けに行き、雅を迎えた。

「まだ早かった？　入っても大丈夫？」

すっかり打ち解けている雅が、隆一を笑顔で見上げる。

「もちろん。お待ちしてました」

バルコニー席に通すと、雅はリードをつけたマルを床に座らせた。

「大人しくて本当にいい子ですよね、マルは」

「ありがとう。私が仕事を始めてから前より落ち着いてきて。少しのお留守番なら大丈夫になってきたみたいで」

「それはよかった。なんか僕もホッとします」

雅は駒沢《こまざわ》のドッグカフェで働くようになっていた。そこには託児所のように従業員の愛犬を遊ばせるスペースがあり、マルは他の犬ともそれなりに仲良くやれているそうだ。雅の不安感も緩和されていることが、表情から見受けられる。

「雅さん、マルちゃんのお水、ここに置いときますね」

陽介が水の皿を床に置き、入り口に向かった。正輝も入り口付近で予約客を待っている。

室田に食前酒を注文した雅に、オーダー用紙を手渡す。オススメ食材について話しているうちに、マドカという名前は隆一の意識から消え去っていた。

「――あれ？　マル？」

雅がテーブルの下を見ている。「やだ、いない。椅子に繋《つな》いでおいたのに」

隆一がフロアを見渡すと、ピンクのリードを引きずったマルが、厨房の方にテッテッテッと歩いていく。

「いた！　連れてきます！」

急いでマルを追った隆一は、意外な光景を前に立ち止まった。

それは、スイングドアから出てきた伊勢が腰をかがめ、足元で尻尾《しっぽ》を振るマルの顔を、じっと見つめている姿だった。

犬が苦手なんて嘘だ。あれはむしろ、愛《いと》おしいものを見る目じゃないか。

そう確信しながら伊勢に近づき、マルをブランケットで包んで抱き上げる。

「伊勢さん、すみません。こんなことのないように気を付けます」

「……ああ、そうだな」

ひと言だけ残し、スタッフルームに歩いていく。

いつもとは明らかに違う、まるで魂が抜け出ているかのような、力のない後ろ姿だった。


その日を境に、伊勢は変わってしまった。

4

La quiche lorraine ～キッシュ・ロレーヌ～

Mysterious Dinner at
Bistro Sangen-tei

今度はいつ会おうか。雷、稲光、それとも雪、が降る夜？

「違う！　雪じゃなくて雨！」

演技指導のベテラン講師が、唾《つば》を飛ばしながら怒鳴った。

「キミさあ、なめてんの？　何度間違えたら気が済むわけ？」

白髪の講師は小刻みに貧乏揺すりをしている。

「すみません……」

中目黒《なかめぐろ》の古びた雑居ビルの地下にある、演技スタジオ。薄暗いフローリング床の稽《けい》古場《こば》で行われる、週一回の演技レッスン。今日は『マクベス』の立ち稽古をやっていたのだが、隆一はまったく芝居に集中できていなかった。

「キミ、アイドル劇団にいたんだよね？　そこでは通用してたのか知らないけど、この世界、そんな甘くないから」

講師からは何度も、アイドル劇団呼ばわりされている。そのたびに侮蔑《ぶべつ》的なニュアンスを感じ、苦々しい気持ちになる。

「やる気ないなら、出てってくれていいから」

「……いえ、頑張ります。本当にすみませんでした」

軽く舌打ちをした講師が、パンと手を叩《たた》いた。「次、二幕からやるよ」

講師は隆一に手厳しい。他にもセリフを間違える人や、おぼつかない人だっているのに、叱咤《しった》の度合いが違うような気がしている。正直なところ居心地は良くないが、ここで投げ出したくはない。

とは思いつつ、自分の出番がなくなるや否や、自動的に思考が働いてしまう。頭の中は、伊勢のことで一杯だった。

マドカ、というパグ連れの女性が訪れた日から、伊勢はこれまでならあり得ないミスをするようになっていた。

メニュー表の字を間違える。料理の付け合わせを盛り忘れる。こぼす、落とす、割る。心配した室田が厨房《ちゅうぼう》のサポートに入るようになったほど、心ここにあらず状態だ。

今週に入ってから、賄いがカボチャ料理続きなのは、伊勢の発注ミスでカボチャが有り余っているからだった。カボチャのリゾット、天丼、パスタにシチュー。当然のごとく美味なのだが、毎日だとさすがに飽きる。

原因はもちろん、マドカが現れたことだろう。彼女が何者なのか、伊勢も室田も明かしてはくれない。その話題はご法度な空気が流れている。マドカが既婚者かもしれないことも、話題に出し辛《づら》い理由だ。

もしかして、伊勢さんの昔の恋人？　それとも、道ならぬ関係だった人？　伊勢さんの名前を聞いた途端に帰ったってことは、彼女は三軒亭が伊勢さんの店だと知らずに来たんだ。二人は長い間、会っていなかった……？

妄想を止められずにいるうちに、立ち稽古が終了した。

「神坂くん、ちょっといいかな」

トレーニング着から私服に着替え、帰ろうとした隆一を、講師が呼び止めた。他の生徒たちがバラバラとスタジオを出ていく。誰もいなくなったのを見計らって、講師は意地悪そうに口を歪《ゆが》めた。

「キミさあ、本気で役者目指してんの？」

「はい？」

「はっきり言っちゃうけど、辞めた方がいいんじゃない？」

不躾《ぶしつけ》な物言いに、唖然《あぜん》としてしまう。そんなの勝手だし、こっちはレッスン料払ってんだし、そもそもアナタにそこまでの眼力《がんりょく》があるのか疑問だし、と、言い放ちたい言葉が次々と浮かんでくる。

「ボクね、よく知ってんのよ、キミのいたアイドル劇団の主宰者。あの三宅《みやけ》くんってさ、才能ないのに顔だけで受けそうな子、集めるの上手《うま》いんだよね。キミがちょい役で出てた舞台、酷《ひど》くて観てらんなかった。ボクが指導してやってもよかったんだけど、こっちも忙しくてね。ドラマやら映画やらで」

嘘だ、と気づいた。そもそも現役で忙しい人が、レッスン教室などやれるとは思えない。ほとんど引退しているけど、実績はあるので名前だけで生徒を集められるのだと、他の生徒から聞いたことがある。

その生徒も隆一も、講師の名前に惹《ひ》かれた一人だったのだが。

「基本が分かってないんだよね。芝居のいろはも知らずに感性だけでやろうとするから、すぐに終わっちゃうの。はい解散、ってね。ボクはね、三宅くんと違って、見た目だけで勝負しようとする役者モドキが一番嫌い。キミなんかその典型的なタイプだよね」

隆一は押し黙ったまま、バッグの中から水のペットボトルを取り出し、蓋《ふた》を開けてひと口飲んだ。

「だいたい、今の若い子は本を読まないからダメなのよ。ちゃんと古典から勉強して……うわぁっ！」

水を講師の顔にかけた。思いっきり。

「辞めます。お世話になりました」

深々と腰を折ってから、講師の罵声《ばせい》を無視して立ち去った。

自分のことだけならまだしも、尊敬する演出家で、自分を演劇ユニットに誘ってくれた三宅を悪く言われるのは、どうにも我慢がならなかった。

それに、老いた講師の暇つぶしレッスンに参加していたら、自分の感性が壊されてしまいそうだと、薄々感じてはいたのだ。

得るものはあったけど、あの講師は頭が固すぎる。もっと自由じゃないといやだ。

やっと自分の本心と向き合えたことに、隆一は充足感すら覚えていた。

スタジオが入ったビルを出たところで、ポケットのスマホが振動した。

着信画面の名前を見て驚く。三宅浩司《ひろし》。先ほど講師も名前を口にした、隆一が所属していた演劇ユニットの元主宰者だ。

「ご無沙汰《ぶさた》してます！」

勢いよく電話にでる。

『あ、隆一？　久しぶり。今って何してんの？　芝居やってる？』

「いや、オーディションは受けてるんですけど、なかなか難しくて」

三宅をけなした講師のレッスンを受けていたことは、言わないでおいた。

『そうなんだ。今、ちょっと話せるかな？　移動中？』

「少しだけなら大丈夫です」

『よかった。実はさ……』

——数分後、通話を終えた隆一は、胸の奥からこみ上げてくる熱さに必死で堪えていた。

やったぁ————！　と、夕焼けの光が差す交差点で叫びたい気分である。

三宅は新たなスポンサーと組み、以前とは趣向の異なる劇団を旗揚げすることになったそうだ。その劇団を隆一も手伝わないか、と提案されたのだった。

今は着々と準備中で、形だけのオーディションが近日中にあるという。詳しい内容は、お互いの都合で明日の夜に改めて聞くことになったのだが、隆一はすでにやる気で漲《みなぎ》っていた。

三宅浩司の脚本と舞台でまたやれる。あの自由な発想。役者の持ち味を引き出す的確な演出。ステージを立体的に見せる斬新《ざんしん》なセット。自身の演劇ユニット解散後、しばらく鳴りを潜めていた気鋭のクリエーターが、鮮やかに復活するのだ。

オーディションがいつになるのかはまだ未定だけど、仕事を休んででも行かねば、と早くも鼻息を荒くする。

とりあえず三カ月の予定で始めた三軒亭のバイトは、ポールの帰国が遅れていることもあり、すでに四カ月目に突入している。三宅の新劇団に入ってからも、できればギャルソンは続けていきたい。自分はまだ、役者だけで食べていけるわけではないのだから。

ギャルソン……。また伊勢のことが脳裏をよぎる。

今日は三軒亭の定休日。これから正輝と陽介に個人的に会い、伊勢について相談をする予定だった。珍しいことに、正輝から呼び出しがかかったのである。早く電車に乗らないと遅れてしまう。

舞い上がっていた心を落ち着かせながら、隆一は駅を目指して走り出した。


「お疲れさまー」「お疲れだな」「お疲れさまです」

突き合わせたビールのジョッキ、ではなく、コーヒーカップで乾杯的なものをする。今は仕事終わりではないのだが、ついお互いの労をねぎらい合ってしまう。

……ほぅ。香ばしいコーヒーの苦みをしみじみと楽しむ。

キャロットタワーからほど近い、アメリカンダイナー風のカフェ。原色が入り乱れるレトロポップな内装、BGMはオールディーズ。右中指に指輪をはめた陽介が、肩でリズムを取っている。銀髪の正輝は、何やらじっと考え込んでいる。

窓際の円形テーブルに座った三人は、ホイップクリームがのったチェリーパイを食べながら、ミーティングを始めようとしていた。

「わざわざ来てもらって悪いな。伊勢さんのことで、思いついたことがあるんだ」

コーヒーカップを手にしたまま、正輝が本題を切り出した。

「三軒亭のピンチですからね。オレらにやれることはやりましょう。で、何を思いついたんですか？」

陽介に問われ、正輝は「マドカさんのことだ」と言った。

「伊勢さんがおかしくなったのは、マドカさんが現れたから。これは間違いない。犬を連れてキッシュのことを訊《き》いた彼女が、伊勢さんの過去と関係してることも明白だ」

「そうですね。伊勢さん、犬苦手だし、キッシュ作れないし。室田さんにマドカさんのこと訊いたら、『誰にだって言いたくない過去はある』って言ってたし」

「陽介、顎《あご》にクリームついてるぞ」

「ウィ」

陽介が紙ナプキンで顎を拭《ぬぐ》う。

「あのとき、伊勢さんはマドカさんを必死で探そうとした。だが見つからなかった。もし、そこで彼女と話ができていたなら、あんな腑《ふ》抜けた状態にはならなかった気がするんだ」

一気に半分ほどパイを平らげた陽介が、確かに、と正輝に頷《うなず》く。

「ということはだな、マドカさんを探して伊勢さんに会わせることが、問題解決の近道なんじゃないか。俺はそう考えたんだ」

「それは僕もそう思います。でも、マドカさんって人は、伊勢さんの名前を聞いて帰っちゃったんですよ。そう簡単に会ってくれますかね？」

隆一には、事情もよく知らない自分たちが、マドカを懐柔できるのか疑問だった。いや、そもそも……。

「てか、どうやって探すんですか？　マドカさん」

速攻でパイを完食した陽介が、最大の問題点を口にした。

「二人の疑問に答えよう」

正輝はひと口だけパイを食べた。

「マドカさんが伊勢さんに会ってくれるのか？　それは分からない。だが、彼女が来たせいで、三軒亭が危機を迎えているのは事実だ。伊勢さんのミスが続けば客足にも影響がでるだろう。お客様に満足してもらえなくなる事態だけは、何としても避けなければならない。それに、俺はこれ以上カボチャを食べたくない。第三者が客観的に状況を伝えれば、説得できるんじゃないかと予想している」

「いやでも、マドカさんは結婚してるみたいだから……」

つい言ってしまった隆一を、正輝が横目で睨《にら》む。

「結婚した人は異性の知人と会ってはいけないのか？　話すことすら許されないのか？　一体、いつの時代の話なんだ、それは」

何も言い返せず、隆一は口を噤《つぐ》む。

「カッカしないでくださいよー。正輝さんらしくないですよ」

陽介がやんわりとなだめる。「隆一、正輝さんは伊勢さんが心配なんだよ」

「分かってます。僕だって同じです」

「いや、俺が心配なのは店と賄いのことで……」

「照れなくていいですから、オレの疑問にも答えてくださいよ。マドカさんをどうやって探すんですか？」

正輝はコーヒーで喉《のど》を潤してから、意外な発言をした。

「ヒントがあったんだ。俺があのとき見たものの中に」

「ヒント？」

隆一は三軒亭に来た際のマドカを思い返す。艶《つや》やかなロングヘア。白いマスク。ベージュのトレンチコート。赤いニットの大判ストール。紺の犬用キャリーバッグ。左薬指のシンプルなプラチナの指輪。エル、と呼んでいた全身が真っ黒のパグ。ハート形のトルコ石がついた細い茶革の首輪……。

「これだ」

正輝がスマホを取り出し、何かの画像を見せた。「首輪だよ。パグがしてただろ？」

それはまさに、隆一の記憶でパグがつけていた首輪だった。

「してた！　こんなブルーの石、オレも見ました」

陽介は目を丸くしている。「正輝さん、どうやって見つけたんですか？」

「犬、首輪、トルコ石、ハート形とか、キーワードで検索したらヒットした。たどり着くまでに時間はかかったけどな」

正輝いわく、この首輪は都内にある人気ペットショップのオリジナル。バレンタインデーにちなんで発売されたばかりの新商品らしい。スマホの画像は、ショップのブログに発売告知としてアップされていたそうだ。

「マドカさんはそのペットショップで、つい最近、この首輪を買った……？」

「いいぞ、隆一。そういうことだ」

すみませーん、と陽介が店員を呼んだ。ガトーショコラを追加注文している。

「正輝さんと隆一は？　何か追加する？」

二人は首を横に振り、マドカの話題に戻った。

「警察がペットショップに行けば、マドカさんのこと調べられるかもしれませんね。でも、素人の僕たちには無理っぽくないですか？」

「諦《あきら》めるのは店に行ってからにしないか。何らかの方法があるかもしれないぞ」

「行ってみる？　今からですか？」

「そう。そのショップも三茶にあるんだよ。ここから徒歩五分くらいかな」

会話を聞いていた陽介が、「だから、ここにオレらを呼んだんですか」と言った。

「その通りだ。行くぞ」

正輝にガトーショコラをキャンセルさせられた陽介が、口を尖《とが》らせながら立ち上がった。


そのペットショップは、キャロットタワーのある世田谷通りを、環状七号線方向に進んだ辺りにあった。煉瓦《れんが》ビルの一階と二階を占拠している大型ショップ。一階は犬猫などの動物やグッズ販売、二階にはトリミングサロンやペットホテルのスペースもあるようだ。

三人はとりあえず、客のふりをして潜入することにした。店内は犬を連れた客で溢《あふ》れかえっている。

まずは、一階のファッショングッズコーナーに向かう。手の込んだ犬猫用の洋服や、アクセサリーがズラリと並んでいる。

例のトルコ石の首輪を見かけた時は、おお、と三人で声を上げてしまった。〝バレンタイン記念・当店限定のオリジナル！〟と書かれ、赤い星印がついたポップが添えられている。星印のポップはそこかしこにあった。主に首輪や服についている。オススメ商品の印のようだ。

しかし、マドカに繋《つな》がるような手がかりは特にない。

続いて、細かく仕切られたガラスケース内にいる、血統書付きの子犬や子猫を眺める。ボケッとしている子、オモチャで一人遊びをする子、寝ている子。それぞれが愛くるしくて心を鷲掴《わしづか》みにされながらも、その値段に度肝を抜かれた。

チワワもパグも六桁《けた》は当たり前。中には七桁クラスもいる。子猫だってそうだ。たとえば、豹《ひょう》柄のような模様のベンガルという猫には、百万円以上の値段がついている。

一方で、赤いセール札のついた猫が一匹だけいた。

ガラスケースではなく小さなケージに入れられた、ころっとしたオスのアメリカンショートヘア。アメショーといえばシルバーグレーの渦巻柄が有名だが、その猫の毛は茶系で、野良でもよく見かける茶トラに似ている。

生後三ヵ月くらいの犬猫が大半の中、アメショーは生後十一ヵ月。見た目はすっかり成猫だ。成長しすぎたからなのか、ほんの少し目つきが悪く見えるからなのか、値段は一万円。隆一にとっては決して安くないその金額が、とても安価に思えてくる。

このまま買い手がいなかったら、どうなっちゃうんだろう？

床にポツンと置かれているケージの前から、離れられなくなった。アメショーはのんびりと欠伸《あくび》をし、後ろ足で耳をカシカシと掻《か》く。黄色く光る眼で、どこか一点を見つめている。

ケージから解放してやりたいと隆一は強く思うが、家族に相談もせずに連れ帰るわけにはいかない。

「よ、ブサ猫。退屈そうだなあ」

隣にいた陽介が、ケージの中に話しかけた。アメショーは陽介に視線を合わせている。だから何？　と言っているように感じる。

「二階にも行ってみるか」

正輝に促され、階段をのぼった。フードやオモチャ、トイレ用品などのグッズコーナーがあり、その横には、撮影用のパネルや照明がセッティングされた一角がある。ペットの写真を有料で撮ってくれるようだ。

ガラスで仕切られたトリミングスペースでは、いかにも上品そうな犬たちが、トリマーの手で美しく磨かれている。このスペースの奥がペットホテルになっているようだ。どれも興味深いが、マドカとパグの捜索に繋がりそうなものは発見できない。

「正輝さん、長居すると怪しまれませんか？」

隆一が声をかけると、「……ああ」と無念そうに正輝がそれを認めた。

何も買わずに出るのも気が引けるので、次に雅とマルが来たらプレゼントしようと、正輝が代表して犬用ジャーキーを買うことにした。レジは一階で見かけたが、二階の奥まったところにもあった。

その二階のレジで、三人はようやく手がかりになりそうなものを見つけた。

レジの背後のボードに、大量の写真がディスプレイされている。二階の撮影コーナーで撮った、ペットの写真だ。大半が犬。猫やフェレットもいる。それぞれ、かわいらしい服やアクセサリーを身に着け、おめかしされてます、といった感じの顔つきをしている。

「すみません、お聞きしたいことがあるのですが」

ジャーキーの会計後、正輝が女性店員に話しかけた。正輝の銀髪に目を奪われていた店員が、はい、と応じる。

「ここにペットの写真を貼っていただきたい場合、どうすれば……？」

正輝は写真を指差している。

「ああ、バレンタイン企画なんです。ペット連れで星印のグッズをご購入されますと、記念写真をプレゼントいたします。同じ写真を、こちらに飾らせていただきます」

レジを遠巻きに窺《うかが》っていた隆一が、ある写真に目を留めた。パピヨンがトルコ石のついた首輪をしている。レジに並んだ客に、オススメ商品をアピールするための企画なのだろう。

「なるほど。では、今度利用させていただきます」

「今月末までのサービスなので、お早めにどうぞ」

正輝は礼を述べ、出口に向かう。隆一と陽介もあとに続いた。

「行った甲斐《かい》があったな」

店から少し歩いたところで、正輝が立ち止まった。横を通りすぎた女子高生の集団が振り返り、正輝と陽介を見て何やらささやき合っている。カッコよくない？　と声が聞こえたが、二人は何の反応もしない。

勝手に気まずくなった隆一は、さりげなく愛想笑いをしておいた。女子高生たちが恥ずかしそうに顔を見合わせ、走り去っていく。

「こらこら隆一、色男ぶんなよ」

陽介がニヤニヤしながら言う。

「いや、そうじゃなくて……」

あなたたちのために僕は！　と続けたかったのだが、正輝が「俺の話を聞け」と遮った。「プランが浮かんだんだ。もう、これで行くしかない」

「写真、ですよね。あの中にパグがいるかもしれない」

「その通りだ、隆一」

正輝は、我が意を得たりとばかりに頷《うなず》いた。

「いやいや、あの写真、かなりの量だったじゃないですか。あれをシラミ潰《つぶ》しに見てたら、店員に追い出されますって。それに、たとえ見つけたとしたって、その写真からどうやってマドカさんの居場所をたどるんですか？」

陽介が心配するのも尤《もっと》もである。

「確かにそうだ。でも、可能性を潰すのはもったいない。パグ……エルって名前だったな。エルの写真があれば、またヒントが見つかるかもしれないぞ。それとも何か？陽介は伊勢さんのカボチャ料理を食べ続けたいのか？」

「いや、オレだって伊勢さんのために何かしたいけど……」

「それにな、あの店にはトリミングコーナーがあっただろ？　マドカさんが常連客の可能性だってあるんだ。実家のプードルも、月に一回は近所のペットショップでトリミングをしていた。首輪もオモチャもその店で買ってたんだ。もし常連だった場合、店員がマドカさんを知ってるケースだって、考えられるんだよ」

「それって、マドカさんが三茶に住んでるってことですか？」

すかさず隆一が質問した。

「三茶とは限らないが、その周辺だと思っていいんじゃないか」

なぜそう思っていいのか腑《ふ》に落ちない隆一を、正輝が見る。

「なぜなら、マドカさんはエルをバッグに入れて三軒亭に来た。徒歩圏内の人じゃないと、犬をわざわざ連れてこない気がするんだ。仮に遠方から来たのなら、中に入らないで帰るわけがない。キッシュが作れるのか問い合わせるだけなら、電話で十分だ。

つまり……」

「つまり？」

隆一は、次の言葉を待った。

「マドカさんは犬の散歩中に三軒亭を見つけた。誰の店かは知らずにね。でも、シェフが伊勢さんだと知って、なぜか知らんがあわてて帰った。電車でもバスでもなく歩きで。――俺はそう推測した」

だからマドカを追って伊勢と三軒茶屋の駅に行ったのに、見つからなかったのか？

別方向に歩いて帰ったから？

「腑に落ちました。写真を見に戻りましょう！」

「待て待て。口実を考えたから」

店に行こうとした隆一を、正輝が引き止める。

「飼い犬が、ある女性が連れていたパグと仲良くなった。エルという名前のパグだ。もう一度会わせたいけど、散歩中に何度か会っただけなので、どうすれば再会できるのか分からない。このショップで首輪を買ったと言っていたので、ふと寄ってみた。だから写真を見たい。エルがいるかもしれないから。……これでどうだ」

「なるほど」

正輝さん、冴《さ》えてるな。店内でも店外でも。

隆一はすぐさま賛同しようとしたのだが、「でも、かなりの演技力がないと無理じゃないですか？　その口実」と陽介は疑わしい顔をする。

「そのために役者がいるんじゃないか」

「え、僕が芝居するんですか？」

正輝が首を大きく縦に振る。

「どうだ隆一、やってくれるか？」

「待ってください」と陽介が正輝を制した。「逆に質問されたりしたらどうするんですか？　どちらにお散歩を？　とか、どんなワンちゃんをお飼いで？　とか」

「あー、詰まりそうですね。僕、ペット飼ったことがないんで」

だから正輝さんの方が対応できるんじゃないですか？　犬にも詳しいし。と言いたかったのだが、その前に正輝が指をパチッと鳴らした。

「いるじゃないか。この作戦に協力してくれそうな人が。ほら、この近所に住んでて、犬もここに連れて来れる人、といえば？」

「雅さん」

隆一と陽介は、同じタイミングで正解を口にした。

早速、隆一が連絡を取ると、雅は仕事を終えて家に帰ろうとしているところだった。事情を説明したら、来てくれると言ってはくれたのだが、現在の時刻は夜七時半。ペットショップの閉店まで、あと三十分しかない。

隆一たちが近くのコンビニ前で待っていると、駒沢のドッグカフェから雅がやって来た。手にしたリードの先にマルもいる。残る時間は十分。

「急にごめんなさい。こんなこと頼んじゃって」

隆一がビーフジャーキーを手渡す。

雅は「私も伊勢さんにお世話になってるから」と快く引き受けてくれた。しかも、マルも同じペットショップでトリミングをしているという。まだ三回ほどしか利用していないが、顔見知りになった店員もいるそうだ。

「そのスタッフさんがいたら、私からエルちゃんのこと訊《き》いてみる」

胸を張る雅が、救いの女神に見えた。

あまり大人数で行くのも不自然だ、と正輝が言い出し、正輝だけは待機することになった。銀髪で目立つため、店員が覚えていて不審がるかもしれない、というのも、正輝が残る理由だった。

かくして隆一は、陽介、雅、マルと共に、再びペットショップに潜入した。

閉店まであと五分。閉店間際なので、ひと気はまばらになっている。

階段をのぼる前に、幼稚園生くらいの男の子が、父親と話している声が耳に入ってきた。

「パパ、あの猫は?」

「あんな安いのやめとこう」

親子は赤いセール札が貼られたケージの前にいる。中のアメショーは、こんな扱い慣れてるから、と言わんばかりに澄ましている。誰にも相手にされず、嘆き悲しみ続けた結果、人への期待を捨ててしまったかのように。

「ねえねえパパ、なんで安いのじゃダメなの?」

「欠陥があるかもしれない。もう可愛くないし」

隆一は一瞬、その場で怒声を喚《わめ》き散らしたくなった。しかし、今はマドカとパグ以外に気を取られている場合ではないと、自分を戒める。横目でちらりと陽介を窺《うかが》ったが、変化は見られない。聞こえなかったのかもしれない。

二階のレジに行く前に、「何か買った方が店員と話しやすいから」と、雅がマルのオモチャを速攻で選んでくれた。非常に頼りになる。

レジにいるのは先ほどと同じ女性店員。残念ながら雅が初めて見る人で、顔見知りになったスタッフの姿はないそうだ。それでも、雅はキャリーバッグのマルとオモチャをかかえて、果敢に任務を遂行した。

「いつもマルがお世話になってます。トリミングをお願いしてる高野です」

会計をしながら雅が挨拶《あいさつ》すると、店員は「こちらこそ、いつもありがとうございます」と笑顔全開で答える。それからは雅の独壇場だった。

「うちのマル、他のワンちゃんとはあんまり仲良くなれないんですけど、お散歩中に珍しく仲良くなれた子がいるんです。エルちゃんっていうパグ。こちらをよく利用してるそうなんですけど、ご存じですか？」

すらすらと雅が述べる。隆一よりも遥《はる》かに役者だ。

「エルちゃん、ですか？　すみません、わたし入ったばかりで」

「あの、そこの写真の中にいるかもしれないんです。こちらで首輪を買ったって言ってたので。ちょっと拝見してもいいですか？」

「もちろんどうぞ」

やった！　と内心で歓声を上げる。

疑う隙などない雅の態度に、店員はレジの奥まで隆一たちを入れてくれた。

三人で写真を片っ端からチェックする。雅には、とにかく黒いパグを探してほしい、とだけ伝えてある。

――黒い犬もパグもいるけれど、黒いパグは見当たらない。

「いないなあ」と陽介が言った。雅も残念そうに首を縦に振る。

仕方がない。そもそもが可能性に賭《か》けて挑んだ作戦なのだ。マドカが本当にここで首輪を買ったのかすら、確定ではなかったのだから。誰かからプレゼントされたものかもしれないし、似ているだけの首輪かもしれない。たとえ本人が買ったとしたって、記念写真を断ってしまえばアウトだ。

「……行きますか」

隆一も諦《あきら》め、店員に挨拶をして一階におりた。閉店時間はとっくに過ぎている。

「あっ、そうだ！」

陽介が大声を発した。「隆一ワルい、お金貸してくれないかな？　五千円くらい。コンビニでおろしてすぐ返すから」

なんでこんなところで急に？　と思ったが、陽介の真剣な表情を間近にし、バッグから財布を取り出してしまった。五千円札を抜いて手渡す。

「サンキュ！」

陽介は急いで犬猫売り場に行く。赤いセール札のケージ前で腰をかがめる。

そして、それが当たり前のように言った。

「ブサ猫、お待たせ。ウチに帰ろう」

一万円のアメショーが、ケージの中でふわっと欠伸《あくび》をした。

レジ、間に合いますか？　と陽介がメガネの男性店員に話しかけた。店員は、信じられない！　という顔をし、すぐに目尻《めじり》をヘニャリと緩ませる。

「もちろんです。本当に、ありがとうございます！　……よかったなあ」

店員はメガネの奥をそっと指で拭《ぬぐ》い、ケージに手をかけた。隆一の目頭も熱くなる。

事情を察したらしき雅が、潤んだ目でマルをしっかりと抱きしめる。

「陽介さん、僕もこの猫を……」

隆一はそのあと、なんと続ければいいのか分からなくなった。とにかく胸があったかいもので一杯すぎて。

「うち、猫が二匹いるんだ。家族全員猫好きでさ。もう一匹いたら楽しいと思って」

陽介がアメショーから目を離さずに、ふわりと笑んだ。

大切な宝物を見つけた、無垢《むく》な子どものような笑顔だった。

一階のレジで猫の帰宅準備を待つ。段ボールの使い捨てキャリーバッグが出てきた。

雅が隆一に意味深な視線を向けてくる。マルを隠していた水玉模様のケーキ箱は、このキャリーバッグを加工していたのだろう。

メガネの男性店員が、「これ、サービスです。あの子が好きなんですよ」と、いそいそと缶詰や猫じゃらしを袋に入れている。この猫を大事にしていたのだなと、再びあったかい塊がこみ上げてきたそのとき、隆一はあるものに目が釘付《くぎづ》けになった。

レジ横のカウンターに、写真の束が置いてある。犬の写真だ。

「これって、バレンタインの記念写真ですかっ？」

興奮を抑えられずに男性店員に尋ねると、「ええ。これから貼る分なんです」と答える。すかさず雅が二階の女性店員に告げた口実を繰り返し、見せてもらうことになった。

「……あった！　エルだ！」

隆一が叫ぶ。十枚ほどの写真の中に、黒いパグが写っていた。ハート形トルコ石の首輪をつけて。

「ああ、エルってエルキュールちゃんのことだったんですね」

写真を覗《のぞ》き込んだ男性店員が、にこやかに言った。

「えっ？　エルキュールって名前なんですか？」と陽介が目を見張る。

エルキュールといえば、エルキュール・ポアロ。伊勢の好きな名探偵の名だ。

「そうですよ。浅井《あさい》さんは略して呼んでるみたいですけど」

「浅井さん？　こちらの常連さんですか？」

陽介の問いかけに、店員は愛想よく答えた。

「ええ。ピアノ教室の先生なんです」

間髪をいれずに隆一が質問する。

「そのピアノ教室って、この近くだったりします？」

「歩いても行けますよ。ご自宅の一階が教室なんです。あ、そうだ」

店員はカウンター上のチラシに手を伸ばす。犬猫の予防注射、雑誌の広告など、いろいろな種類のチラシが所せましと並ぶ中、そこから一枚だけ取り上げた。

「浅井さんの教室。お得意さまなので、チラシを置いてるんです」

親切な男性店員がチラシを隆一に手渡した。

グランドピアノのイラストに、〝piano house ASAI　生徒募集中　体験レッスン可〟と、赤文字で印刷されていた。

三人は意気揚々とコンビニ前に戻った。

待っていた正輝に、一部始終を報告する。パグの正式名がエルキュールだったと告げたあたりで、正輝がメガネを光らせた。

「なるほど。パグの名前が偶然エルキュールだったとは思えない。伊勢さんと関係しているのは確かだな」

「そうですね」と陽介は相槌《あいづち》を打ちながらも、胸に抱えた使い捨てのキャリーバッグを気にしている。

「陽介さん、早く帰った方がいいかも。猫ちゃん疲れちゃいそう」

雅が言った。雅がバッグに入れているマルも、ウトウトと居眠りをしている。

「よし、今夜は解散しよう」と正輝が宣言した。「そうだ、隆一に頼みがある」

「はい？」

「明日《あした》にでもマドカさんの教室に電話してくれないか？　体験レッスンを申し込みたいと」

ピアノハウス・アサイは、正輝の言った通り、三軒亭から徒歩圏内にあった。

「いいですけど、僕が一人で行くんですか？」

「もちろん俺も行く。ちょっと思いついたプランがあるんだ。大人数で体験レッスンは妙だから、二人で行こう。陽介は新しい家族といた方がいいだろうしな」

陽介が「ウィ」と返事をする。

「雅さん、今日はありがとうございました」

正輝が雅にお辞儀をした。「このお礼は、また改めてさせてもらいます」

隆一と陽介も礼を述べる。

「うれしいな。皆さんのお役に立てて」

雅は顔をほころばせた。春の訪れを予感させる、晴れやかな色を目に滲《にじ》ませて。

——翌日の午前中、隆一はマドカのピアノ教室に電話をかけた。

留守電だったのでメッセージを入れたら、しばらくして連絡があった。

『ピアノハウス・アサイです。お問い合わせありがとうございます。体験レッスンをご希望ですか？』

　女性の声だが、三軒亭に来たマドカなのか、はっきりと判断できない。

「はい。友人と一緒に伺いたいんですけど、可能な日ってありますか？」

『ちょっと立て込んでまして。明日の午後一時なら可能なんですけど、その先だと再来週になってしまいます』

　明日なら自分は行ける。なるべく早い方がいいと隆一は判断し、名前と連絡先を告げて電話を終えた。

　夕方、三軒亭のロッカールームで正輝と陽介に告げると、「明日は無理なんだ」と正輝が言う。「免許証の更新が明日までなんだよ」

「あ、分かった。正輝さん、違反してません？　違反者の講習は長いから、手続きに時間かかるんですよねー」

「弘法《こうぼう》も筆の誤り、だ」

「僕一人で行くのかあ。ちょっと不安なんですけど……」

「すまん。でもお前なら任せて大丈夫だと思ってるから」と正輝が励まし、陽介も「隆一が素直に事情を話せばいいんだよ。相手も分かってくれるって」とエールを送る。

　突然ドアが開き、伊勢が入ってきた。あわてて会話を止める。

「どうしたんですか？　伊勢さん」

陽介が訊《き》くと、自分のロッカーを開けながら、「ハンカチが見つからなくて。最近、よく落とすんだよ」とこぼす。

ロッカーの中を探し、そこにもないことを確認してから、伊勢が出ていった。物忘れも酷《ひど》くなっているようで心配だ。

「伊勢さん、また発注ミスったみたいですよ。今度はジャガイモが大量に届いたって、さっき室田さんが嘆いてたから」

陽介は困り顔で腕を組む。

今度はジャガイモの賄いが続くのか……。

覚悟した隆一の元に、正輝が真顔で近寄ってきた。

「隆一。早く問題を解決して、お客様に完ぺきなサービスを提供しないとな」

「はい」と力強く同意した隆一に、「実は、俺がピアノ教室でやってみるつもりだったんだが……」と、正輝はある計画の説明をした。

「……これがプランAだ。アイテムも準備してある。やってくれるか？」

詳細を確認した隆一は「了解です」と応じ、正輝から渡されたものをバッグに仕舞いこんだ。

その日の夜。隆一が仕事を終えて帰宅すると、スマホに着信があった。

昨日、新劇団の詳細を話すと約束していた三宅だ。

「お疲れさまです！」

速攻で電話に出た。一刻も早く話が聞きたかった。

『夜分にごめんな。隆一には一番に報告したくてさ』

三宅はのっけから、ご機嫌にしゃべっていた。

新たに旗揚げする劇団が、実力派の舞台役者を揃えようとしていること。それぞれが名前だけで客を呼べる顔ぶれであること。エンタメ性はもちろん、芸術性も追求していきたいと考えていること。

そんな新劇団に役者として参加する自分を想像し、隆一は胸を弾ませていたのだが……。

『隆一にはさ、研究生で来てほしいんだ』

「研究生？」

意外な三宅の言葉に、喉《のど》が詰まったような感じがした。

『そう。基礎からレッスンしてもらって、本格的な芝居の場数を踏んで、ちゃんと客を呼べるようになってほしいんだよ』

「……本格的って、前のユニットだって本格的だったじゃないですか」

やだなあ三宅さん、というニュアンスを込める。

『あれはアイドル頼りのエンタメショーだった、てゆーか。……まあ、ラッキーだったんだよな。大きい事務所と提携できて。そうじゃなかったら、あんなにチケット捌《さば》けてないよ。ほぼ新人だけの舞台だったんだから』

それはつまり、ベテラン講師が言ってたことと同じではないか？　才能がないのに顔だけで受けそうな子を、探すのが得意だった、って。

喉の詰まりが、どんどん強くなっていく。

「……三宅さん、訊いてもいいですか？」

『なに？』

「研究生って、月謝を払うんですよね？」

『……あー、そこ？　そうだよ。月三万くらいかな。なんだよ隆一、もしかして不満なの？　しょうがないだろ、前はラッキーで舞台に立ててただけなんだから。大丈夫。今度はちゃんと育てるから。隆一と同期だったヤツにも声かけてるんだ。研究生からやろうよってな。ちゃんと実力つけた方がいいんだって。長くやっていきたいなら』

「そう……ですよね……」

隆一は、トーンが下がっていく自分の声を、上げることができずにいた。一人前の役者だと思って、期待していた自分が恥ずかしい。穴があったら深く潜り込んで、一生そこで過ごしたい。

三宅は、『ホントに形だけのオーディションだけど、日程が決まったら連絡する。来月くらいになるかな』と言って電話を切った。

目の前が暗くなり、何も聞こえなくなった。

今まで、いろんなプロ劇団や舞台のオーディションを受けてきたが、受からなくて当然だったのだ。自分は実力で舞台に立てたのではなかったのだから。

「おーい隆くん、ビール飲もうよ……あれ？　ドヨーンってなってるけど、なんかあった？」

京子が部屋に入ってきた。ビール缶を二つ持って。

ベッドにうつぶせになって澱《よど》んでいた隆一は、起き上がって今の心境を明かすことにした。

「――あのさ、実力がなくても売れる役者なんて、いくらでもいると思うんだけど」

ベッドの端に座っている京子が、ビールを飲み干した。長く自分語りをしていたため、飲む暇がなかった隆一も、一口飲んで息を吐き出す。

「結局、チャンスをどう活《い》かすか、なんじゃないの？　あと、自分が本当はどうなりたいのか。売れてお金を稼ぎたいのか、稼げなくても舞台に立ててればいいのか」

本当は？　本当の自分は？

本当に芝居が好きなのか？　それとも……？

以前にも湧いた内なる疑問が、再び自分を責め立てる。

「僕は、お金は二の次でいい。ちやほやされたいわけでもない。自分が楽しくて、誰かを楽しませていたいだけで……」

「だったら」

京子が空き缶を潰《つぶ》し、ゴミ箱に投げ入れる。

「プロの舞台役者じゃなくたって、それは可能なんじゃないかな？」

何も言い返せない。その通りだと思ってしまったから。

（お客様によろこんでもらえると、うれしいだろ？）

ふいに正輝の言葉を思い出した。あれは、三軒亭に入ったばかりの頃に言われた言葉だ。

（今はギャルソンをやってるのが楽しいんですよね）

プロのサッカー選手を諦《あきら》めた陽介が、その過去を打ち明けたときの言葉も浮かんできた。

確かに、ギャルソンは素晴らしい仕事だ。先輩たちから気づきを得ることも多いし、よろこびもやりがいも感じている。

——でも。じゃあ役者は辞めてしまおうなんて、そう簡単には思えない。そんな半端な気持ちで役者を目指していたわけではない……。

「……意地になっちゃうときって、あるよね、きっと」

「分かったような口利くなよ！」

やさしく諭されて、逆にムキになる。それは、味方でいてくれる肉親への甘えであると、隆一はどこかで自覚していた。

「僕は、まだ舞台で満足したことがない。いい芝居ができたなって、一度でいいから思ってみたいんだよ！　姉さんには分かんないんだよっ」

音が消えた。京子はゆっくりと目を伏せる。

「……ごめんね、余計なこと言って」

寂し気な声。隆一の中にあった怒りにも似た熱が、急速に冷めていく。

次に押し寄せてきたのは、京子を傷つけた自分への嫌悪感だ。

「……でも、満足できる人は、役者なんて続けられないんじゃないかな？　もっともっと、って思うから、満足なんてできないから、次の苦しい時間を乗り越えられるような気がするんだ。わたしはね」

もう、黙るしかなかった。飲みかけのビール缶を京子に手渡す。

自分という人間は、どうしてこんなにも、どこまでこんなにも、子どもなのだろうか。いつになったら、大人になれるのだろうか……。

「とにかくゆっくり考えればいいよ。自分の先のこと。研究生だって、ホントにやりたいならやればいいし、やりたくないなら断ればいいと思う」

とは言われても、何をどう考えれば答えが出るのか、皆目見当がつかない。

「今は悩みどきなのかもしれないね。誰だって悩んで悩んで、いつか正解を見つけるんだと思うよ。わたしは隆くんがどんな道を選んでも、応援するからさ」

背を向けた京子に、「姉さん、ごめん」と小声で謝った。

京子は振り向いて、「伊勢さんのこと、心配だね。隆くんの仲間も、みんな心配してるんでしょ。早く元の伊勢さんになるといいね」とほほ笑み、部屋を出ていった。

京子には伊勢のことを、細部まで話してある。

思考の焦点が伊勢に当たった。

同時に、正輝と陽介の顔が浮かび上がる。室田のことも。

三軒亭のメンバーが協力し合ったことで、雅や岬、芙美子に変化が起きた事実が、小さな灯《あか》りとなってほのかに光る。

仲間。そうだ、僕には仲間がいる。だからマドカさんのピアノ教室に行くんじゃないか。伊勢さんを助けるために。三軒亭を危機から守るために。

(プランAだ。やってくれるか？)

了解です、と正輝に答えた記憶が蘇《よみがえ》ってくる。

明日《あした》もやるべきことがある。自分を待っててくれる人たちがいる。三宅さんだって、僕を見込んでくれているからこそ、研究生に誘ってくれたんだ。もっと前向きに考えないと。

隆一は、ほんの少しだけ気力を取り戻していた。

ピアノハウス・アサイは、世田谷線・三軒茶屋の隣駅、西太子堂《にしたいしどう》から五分ほど歩いた住宅街の中にあった。

決して大きくはないけど、温《ぬく》もりを感じさせる二階建ての家。レッスン場になっている一階のリビングが、レースのカーテン越しに外からも見える。スペースの大半を黒いグランドピアノが占拠している。

鉄格子の門の横に、小さく〝piano house ASAI〟と彫られた表札があった。隆一がチャイムを押すと、玄関ドアが開いて髪の長い女性が現れた。

年齢は伊勢と同じくらい。クリーム色のブラウスにストライプ模様のフレアスカート。清楚《せいそ》で品のある人だ。とても痩《や》せている。左薬指にプラチナの指輪をしている。

「体験レッスンの神坂さん？」

生の声に聞き覚えがあった。マドカだ。

やっとたどり着いた！　と大声を出したいのだが、ぐっと堪《こら》える。

「はい。友人が来られなくなって、一人で来ました。よろしくお願いします」

いきなり三軒亭のギャルソンだとバレないように、ニットキャップをかぶってきた。厚手のパーカーにジーンズ。童顔なので学生に見られても不思議ではない。

「中にどうぞ。神坂さん、犬は大丈夫ですか？」

「大好きです」

「そう。よかった。うち、パグがいるんですよ」

エルことエルキュールはピアノ教室の看板犬だと、ペットショップのメガネ店員から聞いていた。レッスン中もそばで寝ていたりするらしい。

生花の飾られた玄関でスリッパに履き替えていたら、真っ黒いパグが廊下の奥から顔を出した。ピンクの舌が覗《のぞ》く口元。ハート形のトルコ石のついた首輪。エルだ。こちらに歩いてくる。

「待て」とマドカが言い、エルがピタリと止まる。「伏せ」の声で腹ばいになる。

ライダウン、と隆一が密《ひそ》かにつぶやく。

「神坂さん、何か言いました？」

「あ、いえ。名前を訊《き》いてもいいですか？」

「浅井小百合《さゆり》です」

「えっ？」

小百合？　マドカではない？

「ああ、ごめんなさい。私の名前じゃないですよね。この子はエルって言います。女の子です。本当はエルキュールなんですけど、言い辛《づら》くて」

エルが伏せたまま小首を傾げる。シワの多い顔についたつぶらな黒目で、隆一をじっと見ている。

「可愛いですね」

思わず笑みがこぼれた。

それにしても、目の前の女性がマドカという名ではなかったことが気にかかる。マドカは小百合のあだ名なのだろうか？

――隆一、プランAだ。

ふいに正輝の声が聞こえたような気がした。

隆一はバッグの中から正輝に渡されたものを取り出した。ビニールの口を手早く開き、中から白い布を取り出す。それをエルに振ってみせる。

ワンワンワンワンワン！

エルが隆一に突進してきた。

「エル！　だめ！」

小百合が止めても無駄だった。エルの勢いは止まらない。

隆一は廊下に跪《ひざま》ずき、両手をエルに差し出す。その手をエルが舐《な》め出した。豚のそれのように丸まった尻尾《しっぽ》を、ぶんぶんと振って。

隆一が両手で握っていたのは、伊勢のハンカチだった。


「嘘ついてすみません。伊勢さんが心配だったんです」

リビングのテーブルセットで、隆一は小百合と向かい合っていた。今まさに、伊勢の魂が抜けたような現状と、ここにたどり着いた経緯を説明し終えたところだ。エルは二人の足元の絨毯《じゅうたん》に、ペッタリと腹ばいになっている。

エルが反応したハンカチは、正輝が隠し持っていた伊勢の落とし物。そのハンカチをエルに嗅《か》がせるのが、正輝の考案したプランAだった。

「エルは伊勢さんの飼い犬だった。エルキュールなんて言いにくい名前つけるの、ポアロマニアの伊勢さんくらいだろう。犬にも詳しかったし。でも、何らかの理由で手放すことになってしまった。だから伊勢さんは犬が苦手だって言ってたんだ。エルを思い出すから。俺はそう考えた」

スタッフルームで正輝が語った推測だ。

「犬は飼い主の匂いを忘れない。視覚じゃなくて嗅覚《きゅうかく》で記憶するらしいんだ。だから、やってみる価値はあると思う。ハンカチにエルが反応すれば、伊勢さんと関係があると証明されたのも同然だ。そのあとの話がしやすくなるだろう」

そのプランAを了解したものの、隆一には一抹の不安があった。

もし、エルがハンカチに反応しなかったら？　もしくは家にいなかったら？

そう尋ねたら、「マドカさんに打ち明け話をするしかない。そっちがプランB。ある意味、これは賭《か》けだな」と言われたのだった。

廊下で賭けに勝った隆一が、本当は三軒亭のギャルソンであると明かし、ハンカチが伊勢の私物だと告げると、意外なことに小百合は「ごめんなさい」と謝った。三軒亭から逃げたことが、負い目になっていたようだった。

「──伊勢さんは、料理で人を癒《いや》せるんです。僕も癒してもらいました」

隆一は対面に座る小百合に、心を込めて語りかける。

「それなのに、様子がおかしくなってしまった。伊勢さんが『マドカ』ってあなたを呼んで、探し回ったあの日から。僕は……いや、僕とギャルソンの仲間たちは、伊勢さんに恩を感じてます。だから伊勢さんを癒したい。このまま黙って見てるのは辛いんです。事情も知らずにこんなお願いするの、心苦しいんですけど、どうかお願いします」

小百合の瞳《ひとみ》に自分が映っている。この上なく真剣な自分が。

「伊勢さんと会ってもらえませんか？　エルと一緒に」

じっと話を聞いていた小百合が、苦悶《くもん》の表情を浮かべた。

「……違うんです」

「違う？」

「伊勢さんが探したのは、私じゃない。マドカさんなんです」

「えっと、それは……？」

意味が理解できない。

「私はマドカさんの友人なんです。マドカさんは……」

一瞬だけ目を泳がせたが、小百合はきっぱりと言った。

「もう秘密にするのはやめますね。私も苦しいから」

「マドカさんは伊勢さんの婚約者でした。一緒にレストランをやろうって、約束してたそうです。でも、四年くらい前に、ある事情から伊勢さんと別れることになってしまったんです。

エルは、マドカさんと伊勢さんが育ててた犬です。私がマドカさんから引き取りました。あの日はエルを連れて三茶で友人と会って、その帰りに三軒亭の看板を見つけたんです。店名に興味を持ちました。

マドカさんが昔、話してたんですよ。『伊勢さんとの店は三軒亭って名前にしたい。

どうせなら三軒くらい店を持ちたいから』って。それを思い出したから、立ち寄ってみたんです。

マドカさんが大好きって言ってたのが、伊勢さんの作るキッシュ。私もいつか食べてみたいと思ってました。だから、ついキッシュはありますか？　って訊いてみたら、それだけは出せないって言われて。……正直、驚きました。

まさか、本当に伊勢さんのお店だったとは……。

伊勢さんがキッシュを作らないということは、突然別れを切り出したマドカさんを良く思ってないのかもしれない。マドカさん、『別れの本当の理由を教えたくない。居場所も知られたくない』って言ってたから。

マドカさんが家を出て、伊勢さんから行方を訊かれたときも、私は知らないと言ってしまった。それで、とっさに逃げ出してしまったんです」

「本当に申し訳ないです。伊勢さんを動揺させてしまって」

小百合がうなだれる。隆一は質問したい衝動を抑えられなかった。

マドカはなぜ、伊勢と別れたのか？　エルを小百合に預けた理由は？

それ以上に、まずは知りたかった。

「マドカさんは今、どうされてるんですか？」

少し躊躇《ちゅうちょ》したが、小百合は答えた。憂いを含んだ顔つきで。

「私たち、都内の病院で会って親しくなりました。マドカさんは病気だったんです。心臓の。私もそうでした。私は人工弁で治したんですけど、マドカさんの場合は心臓移植が必要で。ドナーを待つしかなくて……」

心臓移植。隆一は、その言葉の重みをリアルに感じ取ることができず、それほど安穏と生きてきた自分自身に、失望のような苦々しさを覚えた。

臓器移植についての知識は無いに等しい。知っているのは、日本では臓器移植のドナー登録数がごく僅《わず》かで、闘病生活を送りながらドナーを待つ人が多いこと。それから、移植のために海を渡る人もいる、という程度だ。

「マドカさん、伊勢さんには内緒で栃木の実家に帰ったんです。静養のために。最初はエルも連れていくつもりだったんだけど、ご両親の都合で難しくなっちゃって。それで、私が引き取りたいってお願いしたんです。それからは私たち、メールや電話で連絡を取り合ってました。……だけど、去年あたりから連絡が途絶えがちになって……今年は年賀状も来なくて……」

小百合の憂いが、さらに濃くなった。

「実家のご両親に連絡しようかなって、何度も思ったんだけど、私にはその勇気が、どうしても……」

言葉に詰まり、沈黙が流れた。

もしも、ドナーが間に合わずに天へ旅立っていたら？

それを、実家に連絡したことで知ってしまったら？

小百合の気持ちは理解できる。自分だってそうするかもしれない。

もういない現実を知らないままなら、今も元気でいると信じていられるから。

「だから、伊勢さんと会わずに店を出たんですね。マドカさんのことを訊《き》かれても、どう答えたらいいのか分からなくて」

隆一のつぶやきを、結んだ口元で肯定する。

「……今日はすみませんでした。何も知らないのに押しかけちゃって」

バッグを手に立ち上がった。これ以上、小百合を苦しめたくはない。

足元で寝ていたエルがのそっと立ち上がり、少し移動してまた寝そべる。

リビングの入り口に向かおうとして、ピアノの横にある棚に目が留まった。楽譜や音楽史の本が並ぶ中に、ピアノ・コンクールの賞状や盾、過去のリサイタルのフライヤー、ドレス姿でステージに立つ小百合の写真が飾ってある。

「小百合さん、リサイタルもやってるんですね。すごいな」

レッスンを重ねて、ストイックに弾き続けて。そこにどれだけの時間を費やし、どれほどの苦しみを乗り越えてきたのだろう。病を克服し、ピアノと共に居続ける小百合の存在が、神々しくすら感じる。

「……尊敬しちゃいます。本当にすごいです」

「そんな、すごくなんてないですよ。ただ好きだっただけで。今はステージになんて立ってないし」

その瞬間、また自問する自分の声がした。

本当の、自分は？

本当に、芝居が好きなのか？

本当は、何をしていたいのだ？

「今も好きなことしてるだけ。夫が放任主義なんです。ステージでピアノを弾くのも、ここで目の前の人と弾くのも、同じくらい楽しくて」

小百合が穏やかな目をした。隆一の中で、ゆらゆらと彷徨《さまよ》っていた思考の欠片《かけら》が、一ヵ所に収まった感覚がした。

「ありがとうございました。ここに来れてよかった。本当に。僕と話したこと、忘れちゃってください」

感謝の想いを伝えたら、小百合がすっと椅子から立ち上がった。

「マドカさんのご両親に連絡してみます。勇気がない振りして、逃げてたような気がするから」

何か分かったら知らせますと、最後に小百合が言った。深く深く頭を下げることしか、隆一にはできなかった。

小百合がエルと共に、玄関まで見送ってくれた。

「いつか、行ける日が来たら、三軒亭に行きますね。エルと一緒に」

やさしく名前を呼ばれて、エルが緩やかに尻尾《しっぽ》を振る。

隆一を見上げる澄み切った黒目が、無性に切ない。

この目の奥に、懐かしい人たちの匂いが記憶されているのかもしれない。

一緒に遊んだ公園。食べさせてくれた美味《おい》しいもの。撫《な》でてもらった部屋。

楽しかった思い出の匂いと共に、いつまでも色褪《いろあ》せることなく。


その日はずっと、エルの切ない目が頭から離れなかった。

落とし物です、と伊勢にハンカチを渡し、正輝と陽介にすべてを報告したあとも。


それ以来、正輝と陽介はマドカについて何も話さなくなった。いつもと変わらずにギャルソンの仕事をこなし、司令塔として俊敏に動き続けている。

伊勢のミスもめっきり減ってきた。本来の冷静さと切れの良さを徐々に取り戻している。それに伴い、室田の心労も軽くなってきたようだ。

「最初から分かってはいたんだよ。俺たちが何もせずとも、伊勢さんは元に戻るってな」

仕事を終えて三人で店を出た際に、正輝がひとりごちた。

「だけど、何かせずにはいられなかった。伊勢さんはオレらの恩人ですからね」

陽介がしみじみと言い、正輝が「ああ」と低い声を出す。

「そーだ、うちのブサオの写真、見てくださいよ。太っちゃって」

「ブサオって、陽介の新しい家族？」

「ウィ」

「そのネーミングセンスには疑問を感じるぞ」

「そうですか？」

二人のやり取りを聞きながら、隆一は願っていた。

一日も早く伊勢が調子を取り戻し、以前のように料理で完ぺきなシュートを決めてくれることを。

そんなある日、隆一のスマホに小百合からメールが届いた。

三軒亭のロッカールームで、休憩を取っていたときのことだ。

【浅井です。ご報告が遅れてすみません】
件名を見た時、思わず息を呑《の》んだ。本文を開くのに時間がかかった。
何が書かれていても取り乱さずにいようと、決意してから文章を読む。
——何度も読み返した。決意したせいか、平常心で読むことができた。
小百合に、感謝のメッセージを返信しておく。
正輝と陽介にも伝えなければならない。どこかでゆっくりと。
隆一は仕事終わりに、アメリカンダイナー風のカフェに二人を誘った。
そこで三人は、伊勢とマドカに関する最後のプランを練ったのだった。
「……じゃあ、何か動きがあるまで待とう」
正輝がそう言った。隆一も陽介も、まったく異存はなかった。
五日後。隆一は三軒亭で、伊勢宛《あて》の小包を受け取った。
差出人の名は〝清水真登香《しみずまどか》〟。——マドカ。
来た。この動きを待っていたのだ。
正輝と陽介とこっそり相談し、閉店後にプランを遂行することにした。
「伊勢さん、ちょっといいですか？」

声をかけたのは陽介だ。小包は隆一が持っている。三人ともまだギャルソンの衣装のままだ。レジカウンターで室田がこちらを窺《うかが》っている。

「なんだよ。三人とも顔が強張《こわば》ってるぞ」

伊勢は結わえていた髪を下ろしながら、片付け終わったテーブルに着いた。

「坐《すわ》らないのか？」と訊かれたが、三人はかぶりを振ってテーブルの前に立つ。まるで接客をするときのように。

「最初に謝らせてください」

正輝が口火を切り、すみませんでした、と三人で腰を屈《かが》めた。

「なんのことだ？」

戸惑う伊勢に、陽介が「マドカさんのことです」とはっきり告げる。

その途端、伊勢は真顔になる。

「実は、マドカさんが気になってしまって……」

正輝は、自分たちの隠密行動について打ち明けた。

伊勢がマドカと呼んだ女性を、三人で探し当てたこと。彼女はマドカではなく、その友人の小百合だったこと。エルキュールという名のパグを、小百合が伊勢には内緒で引き取っていたこと。

話し終えた正輝に、伊勢は何も尋ねようとはしなかった。マドカの行方さえも。

「……オレら、勝手な真似しちゃいました。伊勢さん、ずっと変だったから」

殊勝な態度の陽介に、「いいよ。悪いのは俺だ」と伊勢が詫《わ》びる。何もかも諦《あきら》めたような表情をしている。

静寂が流れた。隆一は次は自分の出番だと、姿勢を正した。

「僕、小百合さんに事情を話しました。それで、マドカさんに連絡を取ってもらったんです」

え？　という口の形を伊勢がする。

「これ、今日届きました」

隆一が小包を伊勢の前に置く。差出人の名を見て、伊勢の身体が硬直した。

「中身が何か、僕たちは知りません。でも、マドカさんが伊勢さんの大事な人だってことは、知ってるつもりです」

言うべきことを言い終えた隆一は、黙って伊勢を見ていた。

正輝も陽介も、すぐそばに来ていた室田も、固唾《かたず》を呑んでいる。

固まっていた伊勢が、そっと小包に手を伸ばした。封を解いて中身を出す。

入っていたのは、一冊のノートだった。

ボルドー色の革表紙に英文字が印刷された、アンティークの洋書風。まるで長編ミステリーが綴《つづ》られているような、個性的で厚いノートだ。

伊勢はその場でページを開く。ゆっくりと目を通す。次第にページをめくる手が速度を増し、止まらなくなる。夢中で見ている。スタッフに囲まれていることすら、忘れてしまっているように。

伊勢は長い時間、ページから視線をそらさずにいた。

やがて、ノートを閉じて頭《こうべ》を垂れ、「ありがとう」とささやいた。コックコートの肩が僅《わず》かに震えている。

隆一たちは微動だにもせず、目の前に居る人を見守った。

手にしたノートの表紙から目を離さずに、伊勢は静かに声を発した。

「これは、ある男の話だ」

「その男は、自分の店を持つのが夢だった。そのためにレストランで修業して、仕事以外の時間も料理の研究に費やしていた。

男には恋人がいた。イラストレーターの卵だった彼女は、男が作る料理を楽しみにしていた。二人は古びた小さな一軒家で暮らし、パグの幼犬を育てるようになった。

男は寝る間も惜しんで料理を作り続けていた。

いつか店が持てるようになったら、店内に飾るアートは彼女が手掛けよう。そんな他愛もない会話と、パグの散歩に行くのが二人のよろこびだった。

……だが、二人はすれ違いを始める。些細《ささい》なことで起きる喧嘩《けんか》。散らかっていく室内。減っていく会話。彼女は彼の料理を残すようになり、あげく、もう私の分は作らなくていいと言い出し、二人で食卓を囲むことがなくなった」


いつしか伊勢の眼差《まなざ》しは、どこか遠い一点をとらえていた。

追憶の光景を、眺めているかのように。


「ある日の朝、彼女は男に別れを切り出した。彼が仕事に出かけたら、パグを連れて出ていくと。男はそれを受け入れるしかなく、最後に『じゃあ』と言って家を出た。

男が駅に向かおうとしたら、彼女が裸足《はだし》で家から飛び出してきた。何か言ってくれるのか、男は少しだけ期待した。だけど、彼女は何か言いたげな顔をしただけで、何も言わずに笑顔で手を振った。男は無言で歩き出した。

いつもより早足で歩いていたら、後ろからパグの鳴き声が聞こえてきた。振り向くと、追いかけてきたパグが靴を嚙《か》んで引っ張る。

一体どうして？　家で何かあったのか？

男は急いで帰宅した。なぜか玄関扉が開いている。扉から人の腕が出ている。

玄関スペースで、彼女が倒れていた。パグは彼女の顔を一生懸命舐《な》めていた」

一瞬の無言。隆一は息を吸い込む音すら立てられない。

他の三人も物音を立てず、ひたすら伊勢の言葉を待っている。

「救急車で病院に運んだ男は、彼女が心臓病を患っていたことを知る。

そして、男は気づく。彼女が自分の作った料理を食べなくなった理由を。

食べたくなかったのではない。食べられなくなっていたのだ。

そういえば、最近痩《や》せたようだったなと思い返す。裸足で飛び出してきて、何かを言おうとした彼女の笑顔も。

自分に何も言わずに別れようとしたのは、病のせいなのではないか？

このままでは自分の夢の足手まといになると、彼女は判断したのではないか？

なぜ、そんな彼女の気持ちを、体調を、気づいてやれなかったのか。

後悔する男。病院で目覚めた彼女は、何も語ろうとしない。

私は大丈夫。仕事に行ってきて。少し一人になりたいから。

その言葉に従い、出勤して病院に戻ったら、病室はもぬけの空になっていた。別の病院に移ると言って、自ら退院したらしい。彼女の詳しい病状も、どこの病院に行ったのかも、医者も看護師も教えてはくれなかった。男が彼女の家族ではなかったからだ。

家に戻ると、彼女の荷物もパグの姿もきれいに消えていた。

ケータイにかけたら、番号が変更されていた。メールを送っても返信は来なかった。

彼女は両親と仲が悪いからと、実家の住所や電話番号を教えてくれなかった。彼女の友だちも、居場所は知らないという。

「無理にでも実家の連絡先を聞いておけばよかったと、悔やんでも遅かった」

表情を一切変えない伊勢の、内なる慟哭《どうこく》が聞こえた。

「以来、犬を避けるようになったのは、彼女の最後の笑顔を思い出してしまうから。キッシュを作らなくなったのは、それが彼女に作った最後の料理だったから。

彼女がその後どうなったのか、男には知るすべがなかった。

彼にできたのは、自分の夢をかなえて店を持つこと。自分が作りたい料理ではなく、来てくれた人が求める料理を作って、楽しい時間を提供すること。

そうしていれば、いつか彼女が来てくれるかもしれない。

もし来てくれたら、その時はキッシュを作ろう。

彼女が好きだった料理。きっと、うれしそうに食べてくれるはずだ」

話し終えた伊勢が、隆一たちにノートを差し出した。

隆一が「いいんですか？」と訊《き》くと小さく頷《うなず》き、「彼女の作品なんだ」と言ったので、みんなで見せてもらうことにした。隆一がページをめくる。

手描きのイラスト集だ。伊勢の作った料理をイラスト化してある。下にマドカの一言コメントも入っている。

リアルだがどこかポップで、カラフルな色使いが目に楽しい。

一ページの上下に二つの料理が描かれている。

三月二日『子羊ロース肉のロティ』最初の料理。ちょっと焦げた（笑）

三月五日『フォアグラの赤キャベツ包み』彩りがキレイ。素敵な味。

三月八日『甘鯛《あまだい》のブールブランソース』少し酸味が強めかもしれない。

三月十二日『エスカルゴの香草バター・パイ包み』大ヒット。ポアロの好物。

三月十六日『海老《えび》のビスク・干椎茸《しいたけ》の香り』オリジナリティ出てきたね。

三月十九日『オックステールのトマト煮込み』うーん、割と普通かな？

三月二十一日『塩豚のキッシュ・ロレーヌ』　キッシュ大好き。また食べたい！
三月二十五日『イカとイカ墨のラタトゥユ』　黒い。こんな料理、初めてだよー
三月二十八日『牛ロースのキドニーパイ』　ポアロの料理シリーズ。美味でした。
三月三十一日『舌平目のポアロ風ソテー』　これもポアロ。バターが濃厚！

多い月もあれば少ない月もあるが、一年以上にわたって、イラストで料理が記録されている。
最後に、再びキッシュのイラスト。そして、その下にコメント。

これが最後のキッシュ。もう食べられないと思うから。
ウソついててごめん。今まで本当にありがとう。

——真心のこもった、愛の記録だった。
巻末のページには、まだ新しそうなペンの文字でこう書かれていた。

お店の夢を叶《かな》えたんですね。おめでとう。

素晴らしいスタッフさんたちに囲まれているようで、なんだかうれしいです。

私は今、アメリカにいます。お互いに、これからも夢を追い続けましょう。


隆一はノートをテーブルに置き、涙で霞《かす》む目を拭《ぬぐ》った。

呼吸を整え、気持ちを新たにしてから、伊勢に話しかける。

「マドカさん、実家に帰って治療に専念したんです。治って元気になって、アメリカの親戚《しんせき》の家で暮らしてるんですって。伊勢さんによろしくって、明るい声で言ってたそうです。小百合さんが教えてくれました」

もっといい言葉で伝えられないか探ったが、これが精一杯だった。

伊勢は、再びノートを手に取った。ゆっくりと目線を落とし、喉《のど》の奥から声を絞り出す。

「……そうか。元気なのか。……そうか……」

ノートを握る手に、透明なしずくが落ちた。

「はい。マドカさんは元気です。本当に、本当に、元気になったんです」

隆一は、こみ上げる想いを笑顔に変えた。

伊勢が、安心したように何度も頷いた。
室田が、「良かった」と泣き笑いをした。
すべてを知る正輝と陽介は、哀しみをたたえた瞳《ひとみ》で隆一を見ていた。
隆一が嘘をついたからだ。

【浅井です。ご報告が遅れてすみません】
マドカさんと連絡が取れました。彼女は今、アメリカにいます。
叔母《おば》さんがアメリカに住んでいて、昨年末からお世話になっているそうです。
落ち着くまで、誰にも事情を話さないようにしていたようでした。
隆一さんの話を伝えて、伊勢さんに連絡してもらえないかと頼んだら、
思い出の品を三軒亭に送ると約束してくれました。
ただし、自分の本当の状態だけは、伊勢さんに知られたくないそうです。
彼が心配してしまうからと、電話で何度も念を押されました。
元気でアメリカにいる、とだけ伝えてほしいそうです。
実は、マドカさんは——

小百合から届いたそのメールには、真実が記載されていた。

マドカが治療に専念したのは事実だ。だが、完治はしていない。

アメリカの親戚宅にいるのも事実だが、それは治療のためだ。

長らく待っていた心臓移植手術。アメリカでドナーが見つかったので、受けられることになったそうだ。

成功率は、高くないらしい。

でも、希望はある。


——はい。マドカさんは元気です。


そう伊勢に答えたとき、隆一は美しい幻を見た。

食卓で幸せそうに笑い合う、マドカと伊勢の姿だ。

マドカの膝《ひざ》の上には、あどけない子犬のエルがいる。

尻尾《しっぽ》を振り、クンクンと鼻を鳴らして幸福の匂いを嗅《か》いでいる。

隆一は、あふれ出ようとする涙をこらえ、伊勢に自然な笑顔を見せた。

――本当に、本当に、元気になったんです。

それは隆一の、今までの中で自分の一番だと思える、渾身《こんしん》の芝居だった。

エピローグ

「ありがとうございました」

最後の客を送り出した隆一が、扉を閉めてクルリと振り返った。

「今夜も楽しかったですね！」

後方にいたスタッフたちの前で、大きく両肩を回す。

「さあ、片付けて明日《あした》の準備をしましょう」

「隆一、やる気で漲《みなぎ》ってるねー」

長めの前髪の下で、陽介のつぶらな瞳がきらめいた。

「なんかいいことでもあったのか？」

メガネを押さえた銀髪の正輝に、「ありました！」と意気込んで答える。

「もしかして、舞台関係のいい話、だったりしてね」

いかつい顔の室田が、やさしい声を出す。

「当たりです。やっと決めたんです」

息を吸い込み、声高に宣言した。

「僕、役者は辞めます！」

すっきりした表情の隆一とは逆に、四人は怪訝《けげん》そうに顔を見合わす。

「……どうしたんだ？　急に」

伊勢が切れ長の瞳を瞬かせる。

「悔いがなくなったんです」

そう、悔いはない。自分が納得できる芝居は、もうやれた。

「それに、役者じゃなくても人は楽しませられるって、なんか、心底思えちゃったんですよね」

舞台で大勢を楽しませるのも、目の前の誰かを楽しませるのも、同じように楽しい。

数カ月間のギャルソン経験で、それを存分に実感できた。

これからもずっと、三軒亭の一員でいたい。正輝のように機敏で料理のサーブも器用にこなし、陽介のように明るく人を和ませるギャルソンになりたい。

「お客さんと話してると、勉強になるし」

いろんな痛みを抱えた人たちと触れ合ったことで、その痛みに寄り添えるような人間になりたいと、真剣に思えるようにもなった。

青臭すぎて、とても口には出せないけど。

「演劇は、観客として楽しもうと思って」

新劇団を立ち上げる三宅には、研究生の誘いを丁重に断っておいた。今は感謝の気持ちしかない。旗揚げ公演は、必ず観に行くつもりだ。

「だから、……これからもよろしくお願いします」

隆一はペコリとお辞儀をした。

四人の眼差《まなざ》しが温かい。

「じゃあ、シャンパン開けちゃおっか。隆一くんの決意祝いで。今夜はアタシも飲んじゃおっと。車じゃないし」

バーカウンターに向かう室田を、「マジですか？　いいんですか？」と陽介が追いかけ、「ドクターストップ中なんだから、ほどほどにしてくださいよ」と正輝もあとに続く。

「つまみ、用意するか。隆一、なんかリクエストある？」

伊勢に訊《き》かれて、つい「キッシュ」と言いそうになったが、そのレシピはマドカが来る日まで封印だ。

彼女の手術はまだ先。いい結果になると信じている。

「伊勢さんにお任せします。なんでも美味《おい》しいから」

ふ、と口元を緩めてから、伊勢が厨房《ちゅうぼう》に歩いていく。音もなく、快活に。

隆一は、赤を基調としたアットホームな店内を見回した。

三軒茶屋にある小さなビストロ。来る人の望みを叶《かな》える魔法のような店。料理は本格派だがサービスは規格外。どんな事情の客も大歓迎。

——ここが、僕の舞台だ。

ポン！

シャンパンのコルクが抜けた音と、賑《にぎ》やかな笑い声。BGMも完ぺきだ。

五つのグラスが、ゴージャスな泡が舞う金色の液体で満たされた。仲間たちが手招きをしている。そこにだけ、眩《まぶ》しくスポットライトが当たっているように見える。

隆一は至福の笑みを浮かべて、自分の立ち位置に歩み寄った。

本作は書き下ろしです。

ビストロ三軒亭《さんげんてい》の謎《なぞ》めく晩餐《ばんさん》

斎藤千輪《さいとうちわ》

平成30年 9月25日 初版発行
令和7年 5月10日 12版発行

発行者●山下直久

発行●株式会社KADOKAWA
〒102-8177 東京都千代田区富士見2-13-3
電話 0570-002-301（ナビダイヤル）

角川文庫 21173

印刷所●株式会社KADOKAWA
製本所●株式会社KADOKAWA

表紙画●和田三造

●お問い合わせ
https://www.kadokawa.co.jp/（「お問い合わせ」へお進みください）
※内容によっては、お答えできない場合があります。
※サポートは日本国内のみとさせていただきます。
※Japanese text only

ISBN 978-4-04-107391-9 C0193

角川文庫発刊に際して

角川源義

第二次世界大戦の敗北は、軍事力の敗北であった以上に、私たちの若い文化力の敗退であった。私たちの文化が戦争に対して如何に無力であり、単なるあだ花に過ぎなかったかを、私たちは身を以て体験し痛感した。西洋近代文化の摂取にとって、明治以後八十年の歳月は決して短かすぎたとは言えない。にもかかわらず、近代文化の伝統を確立し、自由な批判と柔軟な良識に富む文化層として自らを形成することに私たちは失敗して来た。そしてこれは、各層への文化の普及滲透を任務とする出版人の責任でもあった。

一九四五年以来、私たちは再び振出しに戻り、第一歩から踏み出すことを余儀なくされた。これは大きな不幸ではあるが、反面、これまでの混沌・未熟・歪曲の中にあった我が国の文化に秩序と確たる基礎を齎らすためには絶好の機会でもある。角川書店は、このような祖国の文化的危機にあたり、微力をも顧みず再建の礎石たるべき抱負と決意とをもって出発したが、ここに創立以来の念願を果すべく角川文庫を発刊する。これまで刊行されたあらゆる全集叢書文庫類の長所と短所とを検討し、古今東西の不朽の典籍を、良心的編集のもとに、廉価に、そして書架にふさわしい美本として、多くのひとびとに提供しようとする。しかし私たちは徒らに百科全書的な知識のジレッタントを作ることを目的とせず、あくまで祖国の文化に秩序と再建への道を示し、この文庫を角川書店の栄ある事業として、今後永久に継続発展せしめ、学芸と教養との殿堂として大成せんことを期したい。多くの読書子の愛情ある忠言と支持とによって、この希望と抱負とを完遂せしめられんことを願う。

一九四九年五月三日

ビストロ三軒亭の美味なる秘密

斎藤千輪

人の温かみに泣けます！ お仕事グルメミステリー

三軒茶屋にある小さなビストロ。悩みや秘密を抱える人の望みを叶え希望を与える店。料理は本格派、サービスは規格外。どんな事情のゲストも大歓迎。今回のお客様は……。結婚を考えていた恋人の嘘に悩む男性。玄関前に次々と置かれる奇妙な贈り物を怖がる女性。“宝石が食べたい”と謎の言葉を残して倒れる俳優。ギャルソン・隆一の新たな悩み、名探偵ポアロ好きのシェフ・伊勢の切ない過去とは？ 大好評、日常の謎を解く感動のお仕事ミステリー。

角川文庫のキャラクター文芸

ISBN 978-4-04-108049-8

ビストロ三軒亭の奇跡の宴

斎藤千輪

美味しい！　楽しい！　ラストは涙！

三軒茶屋にあるオーダーメイドのビストロ。ギャルソン、ソムリエ、シェフの５人のスタッフがお客様の心の謎を解き、美味な料理と規格外のサービスで問題を解決。主人公のギャルソン・隆一が対応する今回の訳ありゲストは――。奇妙なコースを注文する怪しい女性２人組。謎の暗号文に悩む美少年とその母親。店のサービスにダメ出しを続ける開業医。――人々の温かみにホロリと癒やされる大好評「ビストロ三軒亭」シリーズ。

角川文庫のキャラクター文芸

ISBN 978-4-04-108653-7